Mariée à Alessandro Zetticci

NATALIE ANDERSON

Mariée à Alessandro Zetticci

Traduction française de
ISABELLE DONNADIEU

AZUR

HARLEQUIN

Collection : Azur

Titre original :
THE INNOCENT'S EMERGENCY WEDDING

HARPERCOLLINS FRANCE
83-85, boulevard Vincent-Auriol, 75646 PARIS CEDEX 13
Service Lectrices — Tél. : 01 45 82 47 47

www.harlequin.fr

ISBN 978-2-2804-3881-0 — ISSN 0993-4448

1.

« Tu ne peux pas me forcer à l'épouser. Tu ne peux pas ! »

Installée dans un moelleux fauteuil de la luxueuse salle de réception de Zed Enterprises, Katie Collins, agrippée à son sac à main, se força à respirer calmement. Si elle avait eu davantage d'amour-propre, elle serait déjà partie, mais les menaces qui tournoyaient sans cesse dans sa tête l'obligeaient à rester. Elle n'avait pas le choix. Il était la seule personne capable de l'aider.

« Si tu ne l'épouses pas, tu peux faire tes valises, mais tu dois savoir que ton départ la tuera… »

Pour tenter d'oublier ces terribles paroles, Katie se concentra sur le somptueux décor qui l'entourait, preuve de la richesse qu'Alessandro Zetticci avait accumulée en quelques années seulement. Cela faisait dix ans qu'elle ne l'avait pas vu, alors sans doute ne se souvenait-il pas d'elle. Il faudrait donc qu'elle se présente, avant de le supplier de venir à son aide.

« Tu seras sans abri. Tout comme la femme qui a passé des années à s'occuper de toi, petite ingrate… »

Refoulant avec effort les menaces de son père adoptif et pour se changer les idées, elle jeta un coup d'œil à la réceptionniste. Vêtue d'une classique jupe bleu marine et d'un chemisier blanc, la grande femme blonde la faisait penser à une star de cinéma, chic et élégante. Elle aussi portait un chemisier blanc, mais en synthétique, alors que celui de la réceptionniste devait être en soie !

Mal à l'aise, elle leva les yeux au ciel. Que faisait-elle ici ? Elle n'avait rien à y faire, elle n'était pas à sa place.

Pour être honnête, elle ne s'était jamais sentie à sa place nulle part.

« Après tout ce que j'ai fait pour toi, tu ne peux pas refuser ! »

Des gouttes de sueur glissèrent le long de son dos. Elle n'était plus qu'une boule de nerfs.

Elle n'avait pas pris rendez-vous, alors quelle chance pour elle qu'Alessandro soit au bureau aujourd'hui… Qu'aurait-elle fait s'il n'avait pas été présent ? Elle n'en avait pas la moindre idée. Elle n'avait pas la moindre idée non plus de ce qu'elle ferait s'il disait non.

« Tu ne veux pas devenir un membre à part entière de la famille ? »

Cette tentative de manipulation lui avait fait l'effet d'un coup de poignard dans le cœur. Après toutes ces années, elle était toujours une étrangère dans la maison où elle avait grandi. Elle avait toujours eu l'impression que Brian ne voulait pas d'elle, mais qu'il l'énonce aussi explicitement, qu'il essaye de la forcer à faire quelque chose d'aussi fou… Selon lui, elle lui était redevable et le serait éternellement.

« Tu veux la voir s'effondrer ? C'est ça que tu veux ? »

Voilà le problème. Elle se sentait redevable envers Susan, sa mère adoptive. Susan l'avait aimée, l'avait protégée et, aujourd'hui, Katie était prête à tout pour la protéger à son tour.

— Mademoiselle Collins ?

La réceptionniste interrompit la rêverie de Katie.

— M. Zetticci va vous recevoir.

Son cœur s'emballa. Rassemblant son courage, elle suivit la réceptionniste, prenant une grande inspiration en chemin.

Sage précaution car, à la seconde où elle entra dans le bureau, tout l'air déserta ses poumons. Elle avait regardé des photos récentes d'Alessandro pendant le trajet alors elle pensait être immunisée contre son charme ravageur.

Erreur… En chair et en os, Alessandro Zetticci était d'une beauté à couper le souffle.

Impossible de sourire, impossible d'observer les lieux, elle ne parvenait pas à détacher son regard de l'homme qui se tenait devant elle. Elle était comme hypnotisée.

Des souvenirs brûlants envahirent son esprit. Alessandro dans le verger, Alessandro souriant, Alessandro avec ses larges épaules et son dos nu… Elle secoua la tête pour chasser le passé et se concentrer sur le présent, sur Alessandro, ici, maintenant, habillé.

Ses cheveux noir corbeau étaient raides et suffisamment longs pour lui tomber dans les yeux. Ses pommettes sculptées étaient soulignées par le tranchant d'une mâchoire parfaitement symétrique. De longs cils noirs ombraient ses yeux bleu marine qui brillaient avec une incroyable intensité et sa bouche aux lèvres sensuelles affichait un demi-sourire. C'était une bouche faite pour embrasser.

Cet homme était d'une beauté étonnante, presque effrayante, le genre de beauté qui faisait se retourner les passants dans la rue. Mais ce n'était pas seulement cette plastique parfaite qui attirait les regards, c'était aussi l'énergie que l'homme dégageait. Son charisme aimantait tout le monde autour de lui. Cette aura l'avait d'ailleurs servi dans sa vie professionnelle, lui permettant d'atteindre le succès très rapidement.

Plus que de l'assurance, il possédait une sorte d'arrogance qui le rendait incroyablement populaire. Se sachant irrésistible, il jouait avec les femmes, il les séduisait puis les jetait. Elle en avait eu la preuve.

Pourtant, Alessandro Zetticci avait lui aussi connu des moments difficiles dans la vie. Elle espérait d'ailleurs que ces épreuves lui permettraient de comprendre sa situation et le pousseraient à l'aider.

Elle cligna des yeux pour revenir au présent. Il n'avait toujours pas prononcé le moindre mot.

— Je suis Katie Collins, commença-t-elle d'une petite voix. J'habite à White Oaks Hall avec Brian et Susan…

— Je n'ai pas besoin que tu me rappelles qui tu es, Katie.

— Je n'étais pas sûre que vous vous souviendriez de moi.

— Comment pourrais-je oublier ? rétorqua-t-il d'un ton glacial.

Déstabilisée par son comportement inamical, son regard noir et son visage fermé, elle passa sa langue sur ses lèvres.

Pourquoi était-elle surprise de son accueil ? Elle ne signifiait rien pour lui. Alessandro Zetticci était entré dans sa vie quand il avait quinze ans et elle, à peine dix. Son père, le célèbre chef italien Aldo Zetticci, venait d'épouser la sœur de Brian, Naomi. Brian et Naomi étaient proches, alors Aldo et Alessandro avaient rejoint la grande famille Fielding à plusieurs reprises pour des vacances à White Oaks.

Deux ans à peine plus tard, Aldo était mort. Alessandro et Naomi, soutenue par Brian, s'étaient alors affrontés durant de longs mois au sujet du futur de l'empire industriel de son père.

« Si tu pars maintenant, tu ne seras plus jamais le bienvenu ici. »

À l'époque, elle avait été terrifiée lorsque Brian avait banni Alessandro.

Quand elle avait osé interroger son père adoptif pour tenter de comprendre, celui-ci l'avait foudroyée du regard. Selon lui, tout était la faute d'Alessandro. Pourtant, il ne devait pas être un si mauvais homme d'affaires étant donné la vitesse à laquelle il avait bâti son propre empire.

Elle toussota pour se donner du courage. Autant en venir tout de suite aux faits.

— J'ai une proposition à vous faire.

— Je suis intrigué, répondit-il.

Pourtant, son ton n'aurait pas pu paraître moins surpris ou plus dédaigneux. Elle serra les poings. Elle était trop désespérée pour accepter d'être rejetée sans réagir. Elle devait se battre, et elle allait se battre.

— Je travaille à White Oaks. Je fabrique des confitures et des compotes avec nos fruits, et elles se vendent très bien…

— Va droit au but. Qu'attends-tu de moi ?

Son regard l'intimidait tant qu'elle oublia le petit discours qu'elle avait préparé pour essayer de le convaincre.

— Je voudrais que vous m'épousiez…

Il écarquilla les yeux, ses pupilles noires faisant presque disparaître le bleu de ses prunelles.

— Ce n'est pas pour de vrai, bien sûr, ajouta-t-elle en hâte. Je parle d'un mariage blanc, pour une brève période.

— Eh bien… Je ne m'attendais pas à ça.

Elle le dévisagea. Hélas, impossible de déchiffrer son expression car son visage était impassible. Soudain, il éclata de rire comme s'il n'avait jamais rien entendu d'aussi divertissant depuis des années. Il n'y avait pourtant pas de quoi rire.

Toute sa vie, elle s'était efforcée de se conformer aux exigences des autres et d'obéir. Aujourd'hui, elle en avait assez de se taire et de se conduire comme une brave petite fille. Personne ne lui avait jamais demandé ce que, elle, elle voulait, et aujourd'hui, c'était terminé.

La colère l'envahit.

— Je suis contente de vous faire rire. Oubliez ce que je viens de dire.

— Je ne suis pas sûr d'en être capable.

Il s'approcha d'elle d'un pas rapide, empiétant sur son espace vital, et la chair de poule la gagna.

— Que faites-vous ?

Elle était tellement nerveuse qu'elle avait crié au lieu de parler normalement.

Il ne répondit pas, se contentant de l'examiner d'un œil froid, comme si elle était une curiosité dans un musée d'histoire naturelle, puis il se pencha.

— Vous me reniflez ?

— As-tu bu ?

Lui posant un doigt sous le menton, il lui tourna le visage d'un côté puis de l'autre, l'étudiant attentivement.

— Tu es sous l'emprise de la drogue ?

— Bien sûr que non ! J'ai juste des ennuis, et vous êtes

la seule personne capable de m'aider. Si vous ne pouvez pas, je ne vais pas vous déranger plus longtemps.

Désabusée, elle soupira et ajouta :

— Je ne sais pas pourquoi, j'ai pensé que vous comprendriez mon désir de protéger la personne qui compte le plus pour moi, pour l'empêcher de perdre ce qu'elle aime par-dessus tout. J'ai vraiment manqué de discernement.

Il la fixa pendant quelques longues secondes, le visage fermé. Puis son regard se fit plus brillant.

— Katie…

L'ignorant, elle se dirigea vers la sortie mais, au moment où elle atteignait la porte, il posa sa main sur la sienne, l'empêchant de tourner la poignée. Elle tenta néanmoins de l'ouvrir. En vain. Il était bien plus fort qu'elle.

— Katie… Arrête !

À bout, elle s'immobilisa, la respiration saccadée tant elle était nerveuse. Il était juste derrière elle, si près qu'elle pouvait sentir sa chaleur l'irradier et allumer des étincelles partout dans son corps. Des étincelles qu'elle savait intuitivement devoir ignorer.

— Tu ne peux pas débouler dans mon bureau, me faire une demande aussi scandaleuse et ensuite t'enfuir sans la moindre explication. Assieds-toi, Katie, et raconte-moi tout depuis le début.

Il avait raison. Et elle avait eu tort. Elle n'aurait jamais dû venir. Qu'avait-elle imaginé ? Qu'il la sauverait tel un chevalier sans peur et sans reproches ?

Le problème, c'était qu'il ne la laisserait pas partir avant d'avoir eu une explication.

Lentement, elle relâcha la poignée de la porte et pivota sur place. Alessandro ne recula pas. Il avait toujours sa paume appuyée sur la poignée, comme s'il ne lui faisait pas confiance et craignait qu'elle ne s'échappe à nouveau.

— Parle-moi.

Il s'écarta enfin, et elle alla s'installer dans le fauteuil le plus proche.

— Le domaine de White Oaks est très endetté, commença-t-elle d'une voix timide. Apparemment, nous sommes sur le point de le perdre, mais Susan n'est pas au courant.

— Je croyais que le domaine lui appartenait ?

— C'est le cas.

Sa mère adoptive y avait vécu toute sa vie et en avait hérité à la mort de ses parents. Aujourd'hui, alors qu'elle se battait contre la maladie qui la tuait à petit feu, ce domaine était son sanctuaire, son refuge, alors, pour Katie, hors de question de rester sans rien faire et de la regarder perdre White Oaks.

— Quand sa santé a commencé à se détériorer, elle a délégué sa gestion à Brian pour se concentrer sur les jardins.

Elle secoua la tête avec lassitude. Jusqu'à la veille elle ignorait que la situation financière était si désespérée et que Brian avait si mal géré les finances.

— Il ne m'a révélé l'ampleur de la dette qu'hier.

Elle avait cru que les visites des jardins et le commerce de confitures qu'elle avait lancés suffiraient à maintenir l'équilibre des comptes, mais elle avait eu tort.

— Brian m'a annoncé avoir passé un accord avec Carl Westin. Si je l'épouse, il effacera la dette et Susan et Brian pourront rester à White Oaks.

— Si tu épouses Carl Westin ? Tu parles du Carl Westin de Westin Processing ?

— Vous le connaissez ?

— Il est à peine plus jeune que Brian…

— Et beaucoup plus vieux que moi, oui.

— Cet homme n'est pas digne de confiance, il est…

— Il est effrayant. Je ne peux pas l'épouser. Impossible…

— Nous sommes au XXIe siècle, à Londres. Brian ne peut pas te forcer à épouser un homme que tu n'aimes pas.

Alessandro ignorait comment son père adoptif l'avait humiliée et rabaissée au fil des ans. Comment lui expliquer en quelques minutes ? Comment lui faire comprendre que les commentaires méprisants de Brian lui avaient fait perdre toute confiance en elle, au fil du temps ?

— Il y a la force physique et il y a… la contrainte morale.

Sa gorge se serra et, honteuse, elle se tut. Elle détestait admettre à quel point Brian la contrôlait. Elle en était malade.

— Son argument est ta supposée dette envers Susan ?

Ce n'était pas une supposée dette, mais une dette bien réelle. Susan avait pris soin d'elle, et elle avait été la première personne à le faire. Katie avait été placée chez eux juste avant son deuxième anniversaire, quand Susan avait finalement obtenu de Brian qu'il accepte de devenir famille d'accueil après avoir passé des années à essayer, en vain, d'avoir des enfants. Mais Brian n'avait jamais accepté l'adoption, laissant toujours planer au-dessus de sa tête la menace d'un renvoi dans un orphelinat.

En vérité, Brian contrôlait aussi Susan, mais, hélas, celle-ci ne semblait pas s'en rendre compte.

— Susan est vulnérable. Elle se déplace en fauteuil roulant aujourd'hui et elle ne peut pas rester seule longtemps.

Au fur et à mesure que la maladie neurologique progressait, la vieille dame se recroquevillait dans son monde.

— Quitter White Oaks la tuerait. Ce domaine est toute sa vie.

Ce qui voulait dire qu'elle devait conserver White Oaks.

Ce n'était pas un sacrifice car Katie aimait tendrement sa mère adoptive. D'ailleurs, au cours de la dernière décennie, leurs rôles s'étaient lentement inversés : elle faisait maintenant la lecture à Susan, elle lui tenait compagnie… Elle était prête à tout pour elle. Sauf lui parler des difficultés financières ou du projet insensé de Brian.

— Donc, si tu épouses Carl, White Oaks demeurera la propriété de Susan, résuma Alessandro. Mais pourquoi Carl désire-t-il t'épouser ?

À ces mots, elle ressentit une bouffée de chaleur et d'embarras l'envelopper. Il avait raison, elle n'était pas la conquête du siècle.

— Vous ne pensez pas qu'il me trouve attirante ?

— S'il te désirait vraiment, il ne te courtiserait pas avec un tel ultimatum.

— Peut-être qu'il n'arrive pas à convaincre une autre

femme de lui dire oui. Peut-être qu'il pense qu'avec moi il aura une épouse obéissante car il a l'habitude d'obtenir tout ce qu'il veut.

Alessandro lui adressa un sourire malicieux.

— Et tu penses que je suis différent ?

— En tout cas, vous ne me désirez pas.

— Comment sais-tu que je ne te désire pas ?

Elle laissa échapper un petit rire amer.

— Vous ne m'avez jamais regardée !

— Si je me rappelle bien, la dernière fois qu'on s'est vus, tu étais encore une enfant, et te regarder n'aurait pas été correct. Mais je te vois, aujourd'hui.

Comme si cela allait faire une différence !

— Vous êtes entouré de centaines de femmes magnifiques et désirables…

Elle s'interrompit. Que racontait-elle ? Elle était en train de s'éloigner de son objectif.

— Des centaines de femmes ? répéta-t-il, visiblement amusé.

— En tout cas, vous n'avez pas besoin de menacer une femme pour arriver à vos fins. Vous n'avez pas besoin de faire du chantage.

Revenant à son problème, elle soupira.

— En fait, Brian a l'habitude que je fasse tout ce qu'il dit.

Parce qu'elle avait toujours obéi pour éviter toute vague et ne pas risquer d'être chassée. Avec sa dernière exigence, Brian était cependant allé trop loin. Ce n'était pas un contrat commercial qu'il avait arrangé mais un mariage ! Le pire avait été les menaces qu'il avait proférées quand elle avait refusé. Elle avait donc décidé de conclure son propre marché avec le seul homme que Brian méprisait, le seul homme auquel elle avait pensé : Alessandro.

— Vous n'êtes pas sa fille, remarqua ce dernier.

— Merci pour ce rappel, marmonna-t-elle, ravalant sa douleur.

Une douleur intense. Depuis toujours, elle devait supporter les commentaires de Brian lui rappelant qu'elle ne faisait pas partie de la famille, qu'elle devait être reconnaissante, qu'elle devait se comporter comme une jeune fille parfaite… Les rares fois où elle avait essayé de se défendre, il l'avait humiliée encore davantage.

— Je ne fais pas partie de leur famille.

— Tu ne me considères pas comme un membre de ta famille ?

— Vous n'étiez pas là.

Alessandro ne sortait du pensionnat que lors des vacances scolaires et pour quelques occasions officielles.

— J'ai choisi de partir. Pourquoi ne fais-tu pas la même chose ?

— Je ne suis pas comme vous. Je ne peux pas partir comme ça et je ne peux pas en parler à Susan.

La protéger était son objectif premier. Son seul objectif.

— Je rachèterais la dette moi-même si je pouvais. Malheureusement, je n'ai pas d'argent.

Le regard d'Alessandro se fit plus perçant, plus intense.

— Je croyais que tes confitures se vendaient bien.

— C'est le cas. Elles sont même en vente chez Sybarite, ici, à Londres.

Elle avait d'ailleurs été enchantée quand l'épicerie fine avait passé une grosse commande quelques jours plus tôt.

— Tu dois donc gagner un peu d'argent.

— Je réinvestis tout dans l'entreprise et ne garde rien pour moi. Comme je vis sur le domaine, je n'ai pas besoin de grand-chose.

Il jeta un coup d'œil sur sa tenue, et la honte la gagna quand elle remarqua une lueur de mépris dans son regard bleu.

Sa raison la rappela à l'ordre, et elle revint à l'objet de sa visite. Hors de question de baisser les bras.

— Je savais que les finances n'allaient pas bien, c'est pourquoi j'ai lancé les visites de jardins. Je leur dois de travailler dur pour aider Susan.

Elle avait entendu cette phrase des milliers de fois depuis qu'elle avait été recueillie. Brian avait raison, elle leur était redevable. Ils l'avaient arrachée à la misère. Que serait-elle devenue sans leur générosité ?

— Tu ne leur dois tout de même pas le reste de ta vie.

— Non, mais j'aime Susan et elle a besoin de moi.

— Il n'y a personne d'autre pour s'occuper d'elle ?

Elle secoua la tête. Non, il n'y avait personne d'autre, pas même son mari.

Mais Alessandro avait raison, n'est-ce pas ? Elle ne devait pas sacrifier sa vie entière.

— Brian utilise Susan pour renforcer son emprise sur moi.

Lui aussi exerçait une emprise sur elle, mais celle-ci était différente.

— Donc tu penses que, si tu épouses quelqu'un d'autre que Carl, tu sauveras tout de même White Oaks.

— C'est ça, oui.

Présenté ainsi, son projet semblait fou, elle en était bien consciente.

— Ce que je ne comprends pas, c'est... Pourquoi moi ?

— Parce que vous êtes suffisamment culotté pour accepter.

Personne ne s'attendrait à ce que ce play-boy se marie, et elle estimait, peut-être à tort, qu'il pourrait trouver amusant d'agir sur un coup de tête.

— D'après les journaux, vous êtes tellement riche que vous ne savez plus quoi faire de votre argent.

— Voilà enfin la réponse que j'attendais depuis le début. Si tu veux que je sauve White Oaks, pourquoi ne pas te contenter de me demander de l'argent ? Pourquoi devons-nous nous marier ?

— Parce que c'est la seule langue que Brian comprend. Si je ne suis pas mariée, si je ne suis pas sous la protection d'un homme, je serai toujours manipulable. Par contre, si je suis mariée, il sera forcé de s'incliner. Je ne veux pas seulement être hors de sa portée, je veux être répugnante à ses yeux.

Elle n'avait jamais oublié l'expression de colère et de

dégoût sur le visage de Brian quand il avait vu un article consacré à Alessandro, dans le journal.

— Brian sera fou de rage lorsqu'il apprendra que je suis venue vous voir. Pour lui, je serai souillée.

Il inspira profondément et elle releva la tête, regrettant soudain les mots qu'elle venait de prononcer.

— Je suis désolée.

— Ne t'excuse pas de ton honnêteté. En fait, si je comprends bien, je suis le moindre des deux maux ?

Un frisson, signe de danger, glissa le long de son dos, et un sentiment de peur s'insinua en elle.

— Ce ne sera que temporaire, reprit-elle avec tout le courage qu'elle possédait. Vous aimez le temporaire. Vous ne vous accrochez jamais longtemps à quoi que ce soit, ni aux femmes ni aux entreprises. Une fois que vous avez obtenu ce que vous voulez, vous passez à autre chose.

— Je vois que tu as fait des recherches sur moi. Comment penses-tu que Brian réagira ?

— Il acceptera ma décision quand il comprendra que ses problèmes financiers sont résolus et qu'il ne peut plus me toucher.

Ce jour-là, elle serait enfin libérée de son emprise.

— Et Susan ? Comment réagira-t-elle si tu m'épouses pour mon argent ? Ne sera-t-elle pas déçue par ton comportement ?

À cette idée, elle sentit une bouffée de chaleur la traverser.

— Je ne lui dirais pas… Je ferais…

— Tu feras semblant ? murmura-t-il en laissant échapper un petit rire. Tu feras comme si tu étais amoureuse de moi ?

— Ce ne sera pas pour longtemps. Une fois l'avenir de White Oaks assuré, Brian ne pourra plus nous forcer à faire quoi que ce soit ni me renvoyer. J'aurai enfin le pouvoir.

Alessandro l'étudia avec attention.

— Qu'ai-je à gagner en acceptant ?

Elle le fixa. Comment le convaincre ? Jouer la carte de la sympathie semblait avoir peu de chances de réussir. Mieux valait utiliser le seul langage qu'il connaissait.

— J'ai pensé que cela pourrait vous plaire de…

— D'être marié avec toi ?

— Non, de vous venger de Brian et Naomi. Ils vous ont volé la société de votre père.

Il demeura silencieux. Hélas, comme elle ne pouvait lire en lui, elle n'avait pas la moindre idée de ce qu'il pensait.

— Lorsque tu as fait tes recherches, tu n'as pas vu que j'ai plus de succès qu'ils n'en ont aujourd'hui ? demanda-t-il en se relevant. Je ne perds pas mon temps à ressasser le passé. Je n'ai pas besoin de leurs affaires, je n'ai pas besoin de tes confitures, et je n'ai certainement pas besoin de ta proposition insensée.

Elle fit un pas en arrière tant son rejet lui fait l'effet d'un coup de poignard dans le cœur. Bien sûr qu'elle ne pouvait pas le convaincre. Elle avait été idiote d'imaginer que son plan pouvait réussir. Malheureusement, c'était sa seule solution. Elle n'avait plus aucune option, et il ne lui restait plus que son désespoir.

Elle se força néanmoins à ne pas s'effondrer devant lui.

— Je suis désolée.

— Que pensais-tu qu'il allait se passer ici, aujourd'hui ?

Elle l'ignorait totalement. À vrai dire, elle n'y avait pas vraiment pensé. L'idée folle qu'il était le seul homme qu'elle connaissait à posséder les ressources, et peut-être la motivation, nécessaires pour la sauver lui était venue au milieu de la nuit. Il était son seul espoir. C'était pour cette raison qu'elle avait pris le premier train pour Londres.

— Qu'en dit Carl ? Tu ne peux pas tenter de négocier un meilleur marché avec lui ?

— Il est venu me voir hier soir, dit-elle, une nausée la gagnant. J'espérais qu'il serait d'accord pour un mariage blanc, mais…

— Il veut que vous ayez des enfants ? demanda-t-il, un sourire malicieux aux lèvres.

Ce n'était pas drôle ! Mais sa volonté d'échapper à ce destin tout tracé en était renforcée.

— Il a laissé entendre qu'il aurait quelques attentes.

— Mais tu ne veux pas de lui ?

— Bien sûr que non !

— Et si tu m'épousais, tu ne voudrais pas…

— Non !

— Et si, moi, je voulais ?

Bon sang, pourquoi jouait-il avec elle ? Il lui avait déjà dit non, qu'il n'était pas intéressé, à quoi bon continuer à la tourmenter ?

— Nous savons tous les deux que vous avez des dizaines d'autres options. Je ne voudrais pas me mettre en travers de votre chemin.

Il écarquilla les yeux.

— Si tu étais mon épouse, tu serais prête à me regarder avec d'autres femmes ?

Cette image, qu'elle avait fait tant d'effort pour bloquer dans son cerveau, revint à sa mémoire, et elle rougit. Parce qu'elle l'avait bel et bien regardé avec une autre femme, autrefois.

Elle les avait croisés par hasard. Elle se promenait dans les vergers, seule comme à son habitude, quand elle les avait repérés, allongés sous un abricotier en fleurs. Il n'avait pas de chemise, et son jean était descendu sur ses cuisses. Il était penché sur la jolie étudiante arc-boutée sous son corps puissant et avait commencé à aller et venir.

Fascinée et consternée à la fois par ce spectacle encore inédit pour elle, elle était demeurée immobile, bouche bée. À l'époque, elle était encore une jeune adolescente ignorante qui ne comprenait pas vraiment ce qu'elle voyait.

Pour être honnête, elle ne comprenait toujours pas. Elle n'avait jamais rencontré un homme qui lui ait donné envie d'agir ainsi.

Au bout de quelques secondes, elle s'était enfuie, mais les soupirs de plaisir de cette femme résonnaient encore dans ses oreilles aujourd'hui.

Elle l'avait revu au village quelques jours plus tard, en train d'embrasser une autre fille.

Comme elle était jeune et naïve, il lui avait fallu un

certain temps pour comprendre qu'il n'était en fait lié à aucune de ces femmes. Pas d'engagement, pas de problème. Alessandro était incroyablement populaire et il en profitait.

Par ailleurs, il semblait que toutes les femmes qu'il avait croisées depuis étaient tout aussi désireuses de profiter de lui. Depuis le dernier été qu'il avait passé au domaine, il avait continué à enchaîner les conquêtes.

La recherche rapide qu'elle avait effectuée sur Internet, dans le train le matin même, lui avait permis de trouver un milliard de photos de lui avec un milliard de femmes différentes, toutes belles et séduisantes. Alessandro Zetticci était un play-boy insatiable et arrogant, et donc parfait pour lui rendre le service dont elle avait besoin.

Mais il ne la posséderait pas. Elle n'était pas intéressée.

Il fit le tour de son bureau, s'approcha d'elle, et la regarda droit dans les yeux.

— Tu aimerais regarder ?

Connaissait-il ce terrible et embarrassant secret de son passé ?

— Si vous essayez de m'intimider, laissez-moi vous dire que ça ne marchera pas. Je n'ai pas peur de vous.

Il éclata de rire.

— Peut-être devrais-tu avoir peur. Peut-être que je n'essaie pas de t'intimider. Peut-être que je te teste…

— Pour quoi faire ?

Il leva la main pour la poser sur sa joue, puis il suivit avec légèreté la ligne de sa mâchoire avec son doigt.

— Pour voir si je peux te séduire.

Cette caresse aurait dû être facilement évitable. Malheureusement, elle ne pouvait se résoudre à bouger.

Incapable de réagir, elle se contenta de réprimer la bouffée de chaleur qui montait en elle.

— Désolée, je suis immunisée. C'est pour cette raison que nous serions parfaits ensemble.

— Je suis d'accord, répondit-il, une lueur diabolique dans ses prunelles. Nous serions parfaits ensemble. Au lit…

— Je ne coucherai pas avec vous.

— Tu as peur d'attraper quelque chose ?

Il dépassait vraiment les bornes !

— Non. Je…

— Tu as peur que ça te plaise ?

Voilà l'Alessandro Zetticci dont elle avait entendu parler, l'allumeur, le joueur.

— Vous ne pouvez vraiment pas vous en empêcher, n'est-ce pas ? Vous pensez pouvoir séduire toutes les femmes que vous rencontrez !

— La plupart n'ont pas besoin d'être séduites, dit-il en lui adressant un clin d'œil. Beaucoup sont prêtes à me laisser faire ce que je veux avant même que je connaisse leur nom.

Il était si près qu'il semblait voir tous ses secrets. Aussi ferma-t-elle les yeux, mais elle le regretta aussitôt parce que, maintenant, elle était encore plus sensible à sa chaleur, sa force, sa volonté. Pourtant, elle savait bien que ses paroles étaient seulement destinées à la choquer.

Elle rouvrit les paupières et le regarda fixement.

— Je ne suis pas la plupart des femmes, et il ne s'agit pas d'un défi de ma part. Si nous nous marions, je n'aurai aucune attente, je ne vous imposerai aucune restriction. Et je m'attendrai à la même chose de votre part.

Il se redressa pour la toiser de toute sa hauteur, l'air choqué, comme s'il était soudain devenu l'incarnation même de la vertu.

— J'ai peut-être de nombreux défauts, mais je respecte mes engagements. Si je jure fidélité, je ne romprai jamais cette promesse. Si tu veux que je t'épouse, tu ferais mieux de l'accepter.

De peur de tomber, elle s'agrippa au fauteuil. Il allait dire oui ?

— Vous…

— Est-ce que j'honorerai nos vœux pour la durée de notre mariage ? Bien sûr.

— Mais…

— Tu es vraiment choquée à ce point ?

— C'est juste que vous…

— Que je ne me suis jamais marié avant ? Non. Je n'ai jamais eu le désir de me faire passer la corde au cou.

Sous le choc, elle demeura bouche bée, abasourdie.

— Vous allez accepter ?

— Je m'assure juste des règles en vigueur avant de prendre ma décision. Combien d'amants as-tu par mois ? J'aime le sexe, et je suppose que toi aussi.

Elle avala sa salive. Comment pouvait-il imaginer qu'elle menait une vie aussi débridée que la sienne ?

— Le passé n'a pas d'importance, rétorqua-t-elle d'un ton sec, luttant contre la chaleur accablante que cette conversation déclenchait en elle. Seul l'avenir compte.

Mieux valait ne pas s'attarder sur le passé.

— Je ne serai pas infidèle. Le célibat ne me pose aucun problème.

— Voilà le problème. Moi, je n'aime pas le célibat.

— Nous n'avons pas besoin de rester mariés longtemps. Je pense que six mois suffiront pour…

— Pour devenir indésirable ?

— Pour sauver White Oaks.

— Six mois de célibat ?

Il posa une main sur son cœur, mimant la consternation.

— Vous pouvez vous satisfaire tout seul, non ? Vous n'avez pas besoin de moi.

Il baissa la tête, et un sourire diabolique détendit son visage trop parfait.

— C'est ce que tu fais, toi ?

2.

Oui, il exagérait, mais Katie l'avait cherché. C'était elle qui était entrée dans son bureau en exigeant non seulement de l'argent, mais aussi sa main. Tout en le présentant comme un insatiable libertin !

Il avait donc contre-attaqué en la faisant rougir.

Pour être honnête, il n'avait accepté de la voir que parce qu'il s'ennuyait. Il avait le vague souvenir d'une jeune fille timide, toujours cachée dans le verger du vaste domaine de White Oaks, mais elle était moins réservée depuis que Brian essayait de lui faire épouser Carl, et surtout depuis qu'il l'avait provoquée. Sitôt qu'il la poussait dans ses retranchements, elle devenait tout de suite beaucoup plus intéressante. En fait, elle avait pimenté ce qui s'annonçait comme une longue et pénible journée.

Au départ, il imaginait que Katie en avait après son argent. Sa demande en mariage avait donc été un choc total.

Il avait croisé Carl Westin quelques années plus tôt et en avait conclu que ce type était un abruti. Lui aussi, il faisait la fête mais, au moins, il était honnête contrairement à ce Westin qui trichait dans ses affaires comme dans sa vie personnelle.

Non, hors de question que Katie Collins l'épouse. Il la connaissait mal, mais une chose était sûre : elle méritait mieux. Elle possédait le caractère nécessaire pour affronter Carl, il n'avait pas de doute à ce propos. Par contre, face à Brian, elle restait vulnérable.

Brian Fielding… Ce type était vraiment un salaud…

Comme Katie le lui avait rappelé, Brian, aidé par sa sœur Naomi, l'avait dépouillé de la compagnie qui aurait dû être la sienne. Jamais il ne lui pardonnerait.

Sans jamais quitter Katie du regard, il décrocha son téléphone.

— Annulez mon prochain rendez-vous, s'il vous plaît, dit-il à Dominique, son assistante. Je ne veux pas être dérangé.

La demande absurde de Katie avait piqué sa curiosité. Il ne s'agissait de rien d'autre de sa part, et certainement pas d'attraction physique car elle ne ressemblait en effet en rien à ses conquêtes habituelles. Ses cheveux, attachés en queue-de-cheval, étaient d'une banale couleur brune. Ses yeux étaient un mélange de vert, de brun et d'or qu'il ne parvenait même pas à nommer et, sous ces vêtements laids et mal ajustés, il soupçonnait bien quelques courbes mais peu généreuses. S'il avait croisé Katie Collins dans la rue, il ne se serait certainement pas retourné. Pourtant, quelque chose en elle attirait son attention et réveillait ses instincts les plus basiques. Était-ce l'étincelle qui parfois illuminait ses yeux, la légère moue de sa bouche gourmande ou ses joues qui s'empourpraient ? En tout cas, il avait envie d'en savoir plus et il avait envie de la voir s'animer.

Elle possédait une certaine intuition. Elle avait en effet vu juste sur un point : la perspective de se venger de Brian et de Naomi le tentait. Il pourrait facilement acheter White Oaks et les expulser… S'il le voulait, il pourrait même s'emparer de tout ce que la famille Fielding possédait d'un simple claquement de doigts.

Cette perspective aurait dû être plus attrayante que l'idée folle d'un mariage blanc, mais Katie était tellement désespérée qu'elle était venue à lui plutôt que de s'enfuir… Oui, elle était bel et bien désespérée. Il l'avait vu dans ses yeux. Elle était prête à tout pour protéger la femme qui l'avait élevée.

Il comprenait ce désir. Ce point était d'ailleurs le seul

qui pourrait l'influencer parce qu'il avait voulu agir ainsi une fois. Hélas, il avait échoué.

Il refoula ces pensées. Sa blessure était trop profonde pour guérir et trop douloureuse pour s'y attarder. Mieux valait se concentrer sur Katie, assise bien droite dans le fauteuil devant lui, agrippant nerveusement son sac.

— Brian sait-il que tu t'es enfuie ?

— J'ai laissé un mot à Susan pour qu'elle ne s'inquiète pas.

L'héritière vieillissante était l'âme de White Oaks. Brian l'avait séduite avec ses promesses et ses belles paroles, mais, tout comme sa sœur Naomi, il n'avait qu'un seul moteur : l'argent. Naomi et Brian avaient dépouillé son père et, aujourd'hui, c'était Susan qui risquait de tout perdre au moment même où sa santé déclinait.

Il fallait réagir. Il n'avait pas le choix.

Une petite voix se réveilla en lui. Il n'envisageait tout de même pas sérieusement d'accepter la suggestion farfelue de Katie ?

Bien sûr que non, mais sa proposition avait allumé en lui une petite flamme. Ce n'était pas seulement le plaisir de la vengeance qui l'attirait, mais aussi et surtout la perspective de nouvelles joutes verbales avec Katie.

— N'y a-t-il personne d'autre qui puisse être l'heureux élu ?

Lorsqu'il l'avait questionné sur sa vie sexuelle, elle avait rougi et la curiosité l'avait aussitôt envahi. À quel point était-elle innocente ? Elle avait forcément déjà connu des hommes. Aucune femme n'arrivait à vingt-cinq ans sans avoir eu au moins un petit ami.

— Suis-je vraiment le seul auquel tu as pensé ?

— Je ne connais personne d'autre à qui demander, répondit-elle d'une toute petite voix. Et peu d'hommes ont autant d'argent que vous.

— Eh bien… Au moins tu es honnête sur les raisons de ta présence ici !

Pas de sexe donc, elle voulait juste son argent et, en échange, elle lui offrait la possibilité de se venger.

— Nous devons garder White Oaks pour Susan, reprit-elle avec sérieux. Elle est fragile.

Une fois de plus, sa loyauté le frappa à cet endroit vulnérable qu'il pensait avoir enfoui profondément en lui.

— Si tu obéis à Brian et épouse Carl, tu pourras garder le domaine, dit-il, même si l'idée de la voir s'approcher de cet abruti lui donnait envie de cogner.

— Je ne devrais pas avoir à sacrifier le reste de ma vie ! Brian s'attend à ce que le mariage dure, alors toutes mes chances d'avoir ma propre famille seront réduites à néant.

Bien sûr qu'elle voulait une famille à elle, alors que, en ce qui le concernait, rien ne l'attirait moins. Il n'avait aucune intention de se marier, et encore moins de fonder une famille. Elle avait raison sur ce point : il détestait la routine. La même femme pour le reste de ses jours ne faisait simplement pas partie de ses projets.

— Je veux bien travailler pour eux et m'occuper de Susan, mais c'est à moi de me choisir un époux. À moi toute seule !

À cet instant, de nouveaux souvenirs remontèrent en lui. Brian rappelant à Katie d'apprécier leur générosité, lui rappelant à quel point elle était chanceuse d'avoir été choisie par eux, qu'elle ferait mieux d'être reconnaissante, parce que sinon…

Aujourd'hui, il se rendait compte que ce harcèlement avait été constant. Il ne connaissait pas l'histoire de Katie, il n'avait aucune idée de ce qui était arrivé à ses parents biologiques, mais il se souvenait du mépris de Brian. Il se souvenait aussi des regards suppliants de Susan, la priant de ne pas se rebeller.

À l'époque, il n'était qu'un adolescent et il était trop occupé à gérer son propre deuil pour penser à intervenir. Aujourd'hui, il avait un peu honte. Il avait été témoin de violence psychologique et il n'avait pas bougé le petit doigt.

En fait, Katie avait été seule et vulnérable presque toute sa vie. Pas étonnant alors qu'elle soit aussi romantique et qu'elle rêve de fonder une famille avec l'homme idéal.

Carl Westin n'était certainement pas cet homme, mais lui, il l'était encore moins !

— Vous savez ce que c'est que de perdre quelque chose ou quelqu'un qu'on aime, reprit-elle dans un murmure. Voulez-vous m'aider à ce que cela n'arrive pas ?

— Tu essayes de faire appel à ma générosité, maintenant ?

— Je suis sûre que vous pouvez être gentil.

Insinuait-elle qu'il ne l'était pas ? Était-elle en train de le défier ? Un mot de sa part, et il était prêt à lui montrer à quel point il pouvait en effet être gentil.

Des étincelles de désir se mirent à crépiter en lui. Mauvaise idée… Elle subissait déjà les attentions indésirables d'un homme, elle n'avait pas besoin qu'un autre en rajoute. D'accord, il l'avait taquinée, mais il n'avait aucune intention de la forcer à avoir une relation intime avec lui.

Mieux valait sans doute changer de sujet. Serrant les poings, il repoussa la réponse inappropriée qui lui brûlait les lèvres.

— Si je comprends bien, soit j'accepte ta proposition parce que je suis gentil et que je ne veux pas que tu souffres comme j'ai souffert, soit j'accepte par volonté de vengeance…

— Je n'ai parlé de vengeance que pour vous persuader. Vous êtes la seule personne qui pourrait avoir une raison de me dire oui.

Il prit une profonde inspiration. Elle était seule et isolée et il connaissait ce sentiment, mais, avant de souffrir, il avait grandi entre deux parents affectueux. De son côté, elle n'avait jamais rien connu de tel. Elle n'avait jamais savouré cette sécurité.

Elle avait grandi entre une mère adoptive fragile et un père adoptif avide et, aujourd'hui, elle devait faire face aux assauts d'un homme aussi répugnant que Carl Westin.

Il n'allait pas laisser Katie être mariée de force. Impossible… Elle avait besoin d'un peu de temps pour se libérer de ce piège puis reprendre le contrôle, et il voulait bien lui apporter une aide provisoire. Mais pas celle qu'elle avait prévue.

Déterminé, il se redressa.

— Qu'avais-tu en tête exactement ? Une annonce immédiate de nos fiançailles ?

Elle le fixa, bouche bée, visiblement surprise.

— Vous acceptez ?

— Oui, pourquoi pas ?

Elle ressemblait à un cerf terrifié devant les phares d'une voiture, immobile, comme si elle devinait la présence d'un prédateur invisible et le danger qu'elle courait. Puis, tout à coup, elle se redressa et, avec énergie, sortit de son sac une liasse de feuilles couvertes de notes manuscrites.

— J'ai bien réfléchi…

Elle parlait vite, comme si elle avait peur qu'il change d'avis.

Bien sûr qu'il allait changer d'avis. Elle n'avait cependant pas encore besoin de le savoir.

— Je n'ai pas réussi à dormir la nuit dernière alors j'en ai profité. J'ai fini mes recherches pendant le voyage ce matin.

Elle était si absorbée par ses explications qu'elle ne semblait même pas avoir remarqué son air ironique.

— Quel est le plan ?

— Las Vegas. C'est la solution la plus rapide. J'ai trouvé un hôtel tout-en-un avec une chapelle ouverte vingt-quatre heures sur vingt-quatre.

Eh bien, elle avait vraiment pensé à tout.

— J'imagine que tu as tes papiers sur toi.

— Je les ai. J'ai vu qu'il y a un vol direct cet après-midi. On pourrait le prendre et…

— Tu veux que je laisse tout tomber et que je prenne un vol commercial avec toi ?

— Oui… Si c'était possible…

Il la vit serrer nerveusement la bandoulière de son affreux sac. Elle semblait paniquée à l'idée qu'il change d'avis.

— Nous pouvons être de retour dans quelques jours. Le plus tôt ce sera fait…

— Tu as, à ce point, peur de Brian ?

Elle hésita.

— J'ai peur de ne pas pouvoir lui dire non éternellement.

— Par contre, me dire non ne te pose aucun problème.

— Non, car vous n'avez aucune raison de me demander quoi que ce soit. Je suis la dernière personne qu'un type comme vous voudrait dans sa vie. Je ne suis pas un risque pour vous et vous ne l'êtes pas pour moi.

À vrai dire, il n'était pas tout à fait d'accord. Il n'était même pas sûr d'avoir entendu une déclaration moins vraie.

Il ferma les yeux. Que se passait-il ? Que lui arrivait-il ? Katie n'était pas une menace pour ses affaires, pour sa carrière, ou pour quoi que ce soit d'autre et, pourtant, son sixième sens le mettait en garde, encore une fois.

— Une fois que nous serons mariés, je rentrerai m'occuper de Susan.

Qu'elle passe, à son âge, tout son temps à veiller sur sa mère adoptive n'était pas très sain. Elle avait besoin de vivre, de s'amuser.

— Le mariage ne durera que quelques mois, le temps d'être sûre que Brian ne tente rien d'autre, poursuivit-elle. Vous obtiendrez White Oaks, mais nous donnerons à Susan un droit de résidence à vie.

Pour l'instant, elle ne voyait pas d'autre moyen d'échapper à Brian que le mariage mais, s'il l'éloignait de ce salaud pendant un certain temps, elle aurait le temps de se vider la tête et de réfléchir calmement. Il trouverait, lui aussi, une meilleure idée une fois qu'il serait reposé.

— Une chose est sûre, je refuse de prendre un vol commercial.

Il jeta un coup d'œil à sa montre. S'ils partaient à Las Vegas, il pourrait rattraper son retard dans son travail sans être constamment interrompu. Quant à Katie, elle pourrait se reposer, ce dont elle avait à l'évidence besoin. Ensuite, ils aviseraient.

— Je te rassure, nous pouvons tout de même partir aujourd'hui. J'ai cru comprendre que tu étais impatiente.

— C'est possible ?

Ses prunelles se mirent à briller, ses lèvres gourmandes s'entrouvrirent et ses joues prirent une jolie couleur rosée. Tout à coup, elle resplendissait.

Instantanément, ses sens s'éveillèrent. Une envie irrésistible de la goûter venait de s'emparer de lui.

— Merci infiniment. J'apprécie vraiment votre aide.

— Ne commence pas à penser que je suis gentil, Katie, répondit-il d'un ton froid, presque glacial, en lui lançant un regard noir. Ce n'est pas le cas. Mes motivations sont purement égoïstes alors sois sûre que, d'une façon ou d'une autre, j'obtiendrai une compensation.

Son sourire se figea.

— Bien sûr, marmonna-t-elle nerveusement. Tout ce que vous voulez, vous n'avez qu'à demander.

3.

Etonné par l'innocence de sa réponse, Alessandro la dévisagea. Il avait juste besoin de demander ? Il refoula dans un coin de sa tête la réponse inappropriée qui lui brûlait les lèvres. Pourquoi toutes ces idées osées envahissaient-elles sa tête ? Pourquoi pensait-il au sexe depuis qu'elle avait fait irruption dans son bureau ? Il n'avait aucune intention de séduire Katie, ce serait désastreux pour elle et insatisfaisant pour lui. Malgré tout, plus il l'observait, plus elle l'intriguait et plus il lui découvrait de nouvelles qualités, de nouveaux atouts, ses pommettes hautes, ses prunelles qui changeaient de couleur en fonction de son humeur… En fait, sitôt que l'excitation remplaçait l'inquiétude dans ses yeux, elle resplendissait.

Et l'attirance était réciproque, il le voyait, il le sentait. Il n'avait pas l'ombre d'un doute.

Stop ! Il rejeta ces pensées interdites et reprit son téléphone.

— Dominique, j'ai besoin d'un rapport sur Brian et Susan Fielding, les propriétaires de White Oaks Hall. Il me faudrait également les derniers chiffres concernant Zetticci Foods et leur organigramme interne. Je veux la même chose pour toutes les entreprises dans lesquelles Carl Westin est impliqué. Envoyez-moi tout cela par courriel dès que possible.

Il avait besoin d'informations et, surtout, de munitions.

— Faites en sorte que le jet soit prêt à décoller pour les

Etats-Unis dans une heure. Annulez toutes mes réunions pour les prochains… Pour les cinq prochains jours.

Dominique acquiesça, puis il raccrocha.

— Donne-moi ton passeport, dit-il à Katie qui le fixait, bouche bée. C'est pour les formalités douanières.

Sans un mot, elle le lui tendit.

Il le feuilleta rapidement. Aucune des pages n'était estampillée, il semblait presque neuf.

Surpris, il releva les yeux vers elle. Elle agrippait toujours son sac devant elle, comme s'il s'agissait d'une sorte de bouclier protecteur.

— Tu as laissé ta valise à la réception ?

— Je… Euh… Non.

— Tu n'as pas apporté de vêtements ?

Pour toute réponse, elle se contenta d'une dénégation de la tête.

Il laissa échapper un petit rire, mais retint sa repartie mordante tandis qu'une vague de plaisir l'envahissait à l'idée de la débarrasser de son affreuse jupe.

— Peu importe. On trouvera tout le nécessaire sur place.

Il disposait de cinq jours, une éternité pour lui qui enchaînait d'habitude les rendez-vous et les déplacements. En cinq jours, il pouvait facilement la séduire car, elle pouvait le traiter de play-boy autant qu'elle voulait, elle n'était pas immunisée contre son charme, il en avait la certitude.

Impatient à l'idée de lui faire admettre son attirance, il esquissa un sourire en coin.

Tout se passait beaucoup plus vite qu'elle ne l'avait prévu même si, pour être honnête, elle n'avait jamais imaginé aller plus loin que son bureau, et encore moins le convaincre d'aller à Las Vegas avec elle.

Surtout pour cinq jours. Le problème, c'était qu'elle ne pouvait pas quitter Susan aussi longtemps. Mais s'ils prenaient l'avion aujourd'hui, rien ne les empêchait de rentrer dès le lendemain. Elle lui suggérerait cette idée plus tard. Pour le moment, elle ne voulait rien dire qui puisse le faire changer d'avis avant leur mariage.

Nerveuse, elle le suivit au sous-sol où une voiture et un chauffeur les attendaient. Quelques instants plus tard, ils prenaient la route de l'aéroport.

Alessandro passa tout le trajet au téléphone, parlant le plus souvent en italien. Elle ne comprenait pas un mot et, pourtant, la musique de la langue lui faisait l'effet d'une douce caresse.

Gagnée peu à peu par l'inquiétude, elle fixa l'horizon pour tenter de se reprendre. Alessandro était beaucoup trop beau, beaucoup trop charismatique, et doté d'un sens de l'humour bien trop efficace. Il lui donnait envie de sourire tout le temps, il la troublait. Et dire qu'il avait accepté de l'accompagner à Vegas… Son cœur se mit à battre plus vite dans sa poitrine.

À l'entrée du terminal, un autre assistant les attendait. Il remit à Alessandro plusieurs dossiers ainsi qu'un grand sac en papier.

— J'ai hâte de goûter tes confitures, dit-il en lui montrant le logo de Sybarite sur le sac.

Le regard moqueur, il riva son regard au sien.

— On peut faire beaucoup de choses avec de la confiture…, ajouta-t-il.

Et voilà qu'il jouait à nouveau avec elle.

Exaspérée, elle le foudroya du regard ce qui le fit éclater de rire.

— J'adore te faire rougir !

Vexée, elle demeura silencieuse, les yeux baissés. Pourquoi percevait-elle des sous-entendus osés dans tout ce qu'il disait ? Parce qu'il voulait qu'elle les entende, tout simplement. Il jouait avec elle, il l'allumait, il flirtait. Ce qui voulait dire qu'il fallait à tout prix qu'elle recouvre son sérieux.

Cela ne devrait pas être si compliqué. Toute sa vie, elle

s'était appliquée à ne pas faire de vagues, à ne pas désobéir à Brian, à ne jamais répliquer et à rester invariablement dans les limites que son père autoritaire avait établies.

Le problème, c'était qu'Alessandro n'avait aucune limite.

— Il est à vous ? lui demanda-t-elle lorsqu'ils sortirent sur le tarmac et se dirigèrent vers un avion étincelant.

— Non, il appartient à une société de location de jets privés. Je possède une participation dans cette entreprise.

Alessandro Zetticci s'intéressait autant aux entreprises qu'aux femmes. Intuitif, astucieux, il avait le don de deviner ce que les gens voulaient avant même qu'ils s'en rendent compte. Il s'était servi de cet instinct dans sa jeunesse pour ouvrir son premier club qui était vite devenu le repère préféré des mannequins, des acteurs et des aspirants à la célébrité. Puis, au sommet de sa popularité, il l'avait vendu pour réinvestir tous les profits dans une nouvelle entreprise, utilisant encore une fois son don pour flairer la mode suivante.

De la même façon qu'il passait d'une femme à l'autre, il passait d'une entreprise à l'autre.

— Il est plus grand que je ne l'imaginais.

Pour toute réponse, il lui adressa un clin d'œil malicieux, et elle lui lança un autre regard noir.

— Mettez-vous des insinuations sexuelles dans toutes vos conversations ?

— Autant que possible, répliqua-t-il avec un sourire moqueur. Je te rappelle que je suis un play-boy !

— Vous ne le faites que pour me contrarier, ou alors pour vous entraîner à flirter, ce dont vous n'avez pourtant pas besoin.

— Pourquoi pas ?

Aucun homme ne lui avait jamais parlé de cette façon, et elle n'aurait de toute façon certainement jamais répondu. Mais, avec un homme comme Alessandro, elle devinait que l'attaque était sans doute la meilleure défense.

— Les femmes se couchent devant vous, vous n'avez même pas besoin d'ouvrir la bouche pour les séduire.

— Quel dommage de garder la bouche fermée. J'adore utiliser ma langue ! Tu n'as pas envie de découvrir les multiples talents de ma langue ?

Refusant de répondre, elle accéléra et le dépassa. Elle n'arrivait toujours pas à croire qu'il avait accepté de l'épouser. Sans doute la perspective d'agir de façon spontanée l'avait-elle attiré. Il était ainsi, espiègle, impulsif et libre surtout.

Elle l'entendit glousser derrière elle.

— Tu rougis tellement facilement, comment suis-je censé résister à la tentation ?

— Vous pourriez vous contenter d'être poli, au lieu d'essayer de m'embarrasser.

— Mais je suis poli, répliqua-t-il, faisant mine d'être blessé.

Il ne pensait pas un mot de ce qu'il disait. Il se moquait encore d'elle. Il savait qu'il lui faisait de l'effet, elle en avait la certitude.

En haut de l'escalier, elle suivit timidement un steward jusqu'à une immense cabine habillée de cuir. Le steward lui montra ensuite une deuxième cabine dans laquelle se trouvaient un large lit et une luxueuse salle de bains.

— C'est magnifique, murmura-t-elle alors que le steward disparaissait dans le cockpit.

— Nous avons trois pilotes et un steward pour ce vol, alors n'hésite pas, si tu as besoin de quoi que ce soit, répliqua Alessandro avant de poser son sac et son ordinateur.

À vrai dire, elle avait bien besoin d'un peu d'oxygène, elle arrivait à peine à respirer tant sa gorge était serrée et sa nervosité croissante.

Il s'assit en face d'elle et esquissa un sourire en la voyant tâtonner avec la ceinture de sécurité.

— Est-ce que ça va ?

— Je n'ai pas beaucoup voyagé.

— Tu as déjà pris l'avion, tout de même ?

— Je suis allée à Paris dans le cadre d'un voyage scolaire, une fois. En train.

— Tu n'as jamais pris l'avion ? Eh bien… Il est toujours bon de commencer par ce qui se fait de mieux.

Et il était ce qui se faisait de mieux.

Un sourire aux lèvres, elle se tourna vers le hublot et, fascinée, regarda la piste défiler devant ses yeux tandis que l'avion commençait à rouler.

— Tu n'as pas peur ?

Elle secoua la tête, gardant résolument son attention sur l'horizon. La vue sur la ville était à couper le souffle.

— C'est incroyable…

Après quelques minutes, elle jeta un coup d'œil vers Alessandro, penché au-dessus de ses dossiers, les sourcils froncés. C'était peut-être un play-boy qui aimait s'amuser mais il savait aussi travailler. C'était d'ailleurs ce que disaient de lui ces articles qui le décrivaient comme le célibataire le plus en vue du pays. Il avait dû travailler dur pour atteindre ce niveau de succès en moins de dix ans.

Elle l'observa en silence, essayant de se fondre dans le décor comme elle le faisait quand Brian était de mauvaise humeur. Malheureusement, elle ne parvenait pas à se détendre. Elle avait chaud, elle transpirait et, surtout, elle ne parvenait pas à oublier la présence du lit dans la cabine derrière elle.

Nul doute qu'Alessandro devait inviter de nombreuses femmes dans cet avion. L'équipage n'avait pas eu l'air très étonné quand il l'avait vue avec lui.

— Tu ne veux pas t'allonger et te reposer un peu ? lui lança-t-il soudain, la sortant de ses pensées.

— Non, merci.

Il la regarda droit dans les yeux, comme s'il tentait de lire en elle.

— À quoi penses-tu ?

— À rien…, mentit-elle.

— Ce rien te fait beaucoup rougir alors !

Et voilà, il recommençait ! À bout, elle baissa les yeux et se mordit la lèvre. Il fallait à tout prix qu'elle contrôle mieux ses réactions.

Alessandro soupira. Il essayait de garder son sang-froid, mais les rapports que Dominique lui avait envoyés par courriel l'en empêchaient. Il bouillait de rage. Brian Fielding contrôlait peut-être sa femme et Katie, mais il ne contrôlait rien dans ses affaires ! C'était l'un de ces crétins qui pensaient pouvoir tout avoir sans faire le moindre effort, enchaînant les combines et les investissements risqués.

L'un d'entre eux, ironiquement, était Zetticci Foods.

L'ancienne entreprise de son père était dans un état pire que ce qu'il avait imaginé. Aldo était un génie créatif, un chef hors pair doté d'un talent inné et passionné par son travail. Aujourd'hui, cependant, l'entreprise était au bord de la faillite.

En tant que P-DG, Naomi avait clairement opté pour une approche tous azimuts, développant sans cesse de nouveaux produits avec l'espoir que l'un d'eux toucherait le gros lot. Malheureusement, aucun n'avait atteint sa cible. Elle avait licencié tous les chefs qu'elle avait fait venir à bord au fil des ans et s'était ensuite tournée vers son frère Brian pour obtenir des fonds supplémentaires. Des fonds dont il ne disposait pas.

Ce que Brian avait dit à Katie était vrai, ils étaient bel et bien ruinés et sur le point de perdre White Oaks, la maison et l'héritage de Susan.

Écœuré, Alessandro grimaça. Brian ne s'intéressait qu'aux apparences. Il ne s'impliquait ni dans l'entreprise ni dans sa famille.

Il releva la tête et posa son regard sur Katie. Quand elle avait parlé de ses confitures, elle avait éveillé sa curiosité. Il avait alors demandé à un assistant de lui livrer quelques échantillons à l'aéroport.

— Tu as faim ? lui demanda-t-il.

Elle lui lança un regard effrayé.

— Katie ! C'est toi qui lis des insinuations dans tout ce que je dis. Je n'y suis pour rien.

Malgré tout, il devait admettre qu'il trouvait son attitude amusante, et excitante aussi.

— C'est la façon dont vous dites les choses, et puis…

— Je sais, c'est mon look.

— Vous n'avez aucune idée de ce qu'est la vie pour nous, simples mortels.

Elle ne se trouvait pas attirante ? Surpris, il haussa les sourcils.

— Nous sommes invisibles, ajouta-t-elle.

Elle avait été tout sauf invisible pour lui, aujourd'hui ! Plus elle ouvrait la bouche, plus il était fasciné par ce qu'elle avait à dire et par la couleur cerise de ses lèvres. Elles étaient si appétissantes… Les autres parties de son corps étaient-elles aussi parfaites ?

Il était tellement curieux d'y goûter qu'il n'avait plus qu'une idée en tête : la voir nue, alanguie sur son lit. Ce qui, contrairement à l'opinion populaire, n'était pas la façon dont il se comportait habituellement. Oui, il appréciait les femmes, mais il ne les séduisait pas toutes. En tout cas, jamais auparavant il n'avait ressenti un désir qui soit comme une addiction.

— Vous exercez un pouvoir sur les gens, ajouta-t-elle.

— Es-tu sûre que ce n'est que mon physique ? Ce n'est pas mon argent ? Ou mon extraordinaire intelligence ?

— Vous oubliez votre ego démesuré.

— Et, pourtant, tu ne me juges qu'à mon apparence.

Elle pinça les lèvres, comme pour réprimer une attaque. Dommage, il appréciait son sens de la repartie.

— Et, vous, vous me traitez comme un vulgaire jouet, reprit-elle en le regardant fixement. Je ne suis ici que pour vous amuser, pour vous sortir de votre routine.

Songeur, il se pencha en arrière sur son siège et hocha la tête. Sa piètre opinion de lui le dérangeait. Pourquoi ? Il n'aurait pas dû se soucier de ce qu'il lui inspirait.

— De simples jouets… C'est ce que toutes les femmes sont pour vous.

— Tu veux que je t'épouse ou pas ?

À ces mots, elle se figea puis lui adressa un sourire forcé.

— Avez-vous faim ? demanda-t-elle d'une voix polie, presque déférente.

Un malaise le gagna. Il lui avait fait suffisamment peur pour qu'elle se sente obligée d'obéir. Finalement, il ne valait guère mieux que Brian.

— J'ai toujours faim, grommela-t-il.

Il disait cela sans arrière-pensée. Il lui arrivait souvent d'oublier de manger, tellement il travaillait. Donc oui, à cet instant, il avait un petit creux.

— Voulez-vous goûter mes confitures ?

Sa voix semblait plus rauque que d'habitude et c'était à son tour de le regarder avec malice. Elle aussi pouvait être une allumeuse. Une mignonne petite allumeuse.

Amusé par cette idée, il éclata de rire et, à sa grande surprise, elle éclata de rire à son tour. Elle était magnifique quand elle riait.

Tout à coup, une image l'envahit : Katie nue, et lui en train de lécher la confiture sur son corps offert. Instantanément, sa température grimpa en flèche.

Pour tenter de se changer les idées, il sortit les quatre petits pots du sac en papier.

— Laquelle dois-je goûter en premier ?

Pour toute réponse, elle haussa les épaules.

Il en profita pour aller chercher une assiette dans un placard et versa une cuillerée de chaque confiture dessus.

— Vous n'avez pas un biscuit, ou quelque chose comme ça, pour tartiner ?

Bon sang, était-il redevenu un homme des cavernes gouverné par ses hormones qui ne pensait que sexe et sensualité ? Il avait eu une aventure avec une belle femme, quelques semaines plus tôt, il n'était donc pas en manque.

Le problème, c'était que Katie lui avait dit qu'elle n'était pas intéressée, piquant au vif sa fierté. Il détestait qu'on lui dise qu'il ne pouvait pas obtenir quelque chose. Depuis l'adolescence, il avait des problèmes avec l'autorité. Plus on lui disait non, plus il était déterminé à faire ou obtenir ce qu'il désirait. Donc, oui, naturellement, il voulait maintenant séduire Katie Collins. Plus les minutes passaient, plus il la désirait. Malheureusement, lui rappela la voix de la raison, il ne pouvait pas se conduire comme un salaud. Elle devait déjà faire face à deux abrutis, Brian et Carl, et il n'allait pas être le troisième.

Mieux valait qu'il se concentre sur les confitures.

Il goûta d'abord celle aux abricots. Celle-ci réveilla tant ses papilles qu'il ferma les yeux pour mieux la savourer.

— Qui a élaboré la recette ?

— C'est moi. En fait, le secret, ce sont les herbes aromatiques. Nous en cultivons beaucoup à White Oaks.

— Tu as pris des cours de cuisine ?

— Non. J'ai essayé de suivre quelques cours à l'institut local, mais je ne pouvais pas quitter Susan. Je me suis donc contentée de regarder toutes les émissions culinaires possibles et imaginables.

— Quels autres parfums as-tu ?

— Vous n'aimez pas celle-là ?

— Tu n'as pas besoin de mes compliments. Tu sais très bien que tes confitures sont délicieuses.

Un large sourire éclaira son visage.

— Oui, je le sais, dit-elle avant d'éclater de rire.

L'émotion le gagna, et sa gorge se serra. Finalement, elle était comme ses confitures, pleine de saveur, épicée et beaucoup moins fade qu'elle en avait l'air. Elle était arrivée dans son bureau comme un petit agneau fragile et, maintenant, quelques heures à peine plus tard, elle resplendissait. La métamorphose était stupéfiante.

— Comme je vous l'ai dit, j'utilise les fruits que nous cultivons.

Elle attrapa un pot et le tourna pour lire l'étiquette.

— Ce sont des abricots d'une variété ancienne très goûteuse.

Légèrement étourdi, il hocha la tête. Il n'avait jamais trouvé fascinant de parler d'arbres fruitiers auparavant, et voilà qu'aujourd'hui il avait envie d'en apprendre plus.

— Le père de Susan a planté ces arbres. Je l'aide à prendre soin d'eux. J'adore ça.

Et cet amour pour les fruits avait donné naissance à ces étonnantes et délicieuses confitures.

Des souvenirs troublants, longtemps ignorés, se réveillèrent en lui. Son père était comme elle, autodidacte, guidé par l'instinct et l'émotion. Lui, de son côté, avait toujours été plus intéressé par l'aspect commercial des choses.

Il avala sa salive. Un autre appétit venait de se réveiller en lui, un irrépressible désir de la toucher qui était en train de lui faire perdre la tête. Tout à coup, toute raison était en train de le déserter.

Carl Westin l'avait-il déjà vue ainsi ? se demanda-t-il soudain, un peu inquiet.

— Peut-être que c'est ce qu'il veut, murmura-t-il pour lui-même.

— Qui ?

— Carl. Tes confitures.

— Vous croyez qu'il en a après mes recettes ?

Non. Ce n'était pas le cas, mais le fait qu'elle le croie prouvait à quel point elle était inconsciente de sa beauté et de son charme. Il avait envie de rire et, en même temps, de la prendre sur ses genoux. Il mourait d'envie de sentir sa peau douce entre ses mains, entre ses doigts.

Il ravala cependant son désir et se concentra sur les confitures.

— Quelle est ta préférée ?

— La cerise vinaigrée.

Elle trempa son doigt dans la confiture puis porta son doigt à sa bouche. Si une autre femme avait agi ainsi, il aurait cru qu'elle tentait de le séduire, mais pas Katie. Elle était trop innocente, trop naturelle.

Il avisa un peu de confiture au bord de sa lèvre supérieure, et toutes ses bonnes intentions fondirent instantanément. Il ne pouvait pas résister à ce regard dans lequel il lisait la confiance, la prudence, l'humour, l'arrogance… Et surtout le désir.

Il se leva.

— Alessandro… Que faites-vous ?

— Je déguste la cerise.

Il appuya ses mains sur les accoudoirs de son siège et se rapprocha lentement pour lui laisser l'espace et le temps de s'éloigner ou de dire quelque chose. Mais elle ne bougea pas. Il ne l'avait pas encore touchée, mais, déjà, le plaisir bouillonnait en lui. D'un coup de langue, il lécha doucement la confiture au coin de sa bouche puis effleura ses lèvres et les couvrit enfin des siennes.

Son baiser fut léger. Il ne voulait pas risquer de la décevoir.

— Katie ?

Elle demeura immobile et silencieuse, mais la lueur qu'il apercevait dans ses prunelles suffisait à lui prouver que son baiser avait été le bienvenu.

Peu à peu, la pression de ses lèvres se fit plus forte, plus intense, et elle fondit. Elle s'abandonna. Sous le charme, elle entrouvrit la bouche pour l'inviter en elle.

Voilà ce qui s'appelait un baiser.

Son rythme cardiaque s'emballa. Jamais elle n'avait connu de telles sensations, aussi envoûtantes. Tout à coup, son sang rugissait dans ses veines, allumant des feux d'artifice partout en elle, inondant tout son corps d'une chaleur intense.

Peu à peu, il approfondit le contact, faisant tourbillonner sa langue dans sa bouche affamée, et elle l'imita, la sensation de vertige s'intensifiant en elle. Ce baiser la troublait, il l'ensorcelait et lui donnait envie d'en avoir plus. Frissonnante, elle chercha le contact avec sa peau. Elle n'avait jamais rien connu d'aussi bon.

Elle en avait désormais la conviction, plus rien ne serait comme avant. Elle ne serait plus jamais la même. Il avait éveillé un besoin si intense qu'il ne pourrait jamais être satisfait.

Son désir s'épanouissant peu à peu, elle laissa échapper un soupir de plaisir. Elle était au paradis.

Mais, soudain, il rompit le baiser.

Reprenant tant bien que mal son souffle, elle rassembla son courage pour lever les yeux et le dévisager.

— Vous ne pouvez pas… Tu ne devrais pas…

Elle ne parvenait même plus à articuler une phrase entière. Et pourquoi n'était-il pas bouleversé comme elle ? Parce que c'était juste un baiser qui ne voulait rien dire, tout simplement. La preuve, elle luttait pour recouvrer sa raison tandis que, lui, il la regardait avec amusement.

— Ce n'est pas juste, marmonna-t-elle. Tu n'étais censé ne goûter que mes confitures.

En lieu et place, ils avaient tous les deux découvert qu'il pouvait la séduire d'un simple claquement de doigts.

Ses joues s'empourprèrent un peu plus.

— Tu les as vraiment créées toute seule ?

— Tu ne crois pas que je puisse être bonne à quelque chose ?

— Au contraire. Je pense qu'on vient juste de découvrir dans quel domaine tu es bonne !

Elle ouvrit la bouche, mais aucun son n'en sortit.

Il lui adressa un sourire malicieux.

— Si tu ne veux pas que je t'embrasse encore, arrête de chercher des compliments.

— Je n'ai pas besoin que tu m'embrasses.

Il plongea son index dans la confiture à la cerise et le lécha avec sensualité.

— Non, tu as juste besoin que je t'épouse.

Un projet qui paraissait fou et ridicule. Hélas, elle ne voyait pas d'autre moyen de conserver White Oaks pour Susan.

— Oui, marmonna-t-elle alors, les dents serrées. Et c'est tout ce que je veux de toi.

4.

À Londres, il était presque minuit, mais ici, à Las Vegas, c'était le début de la soirée, non que l'heure ait une quelconque importance dans une ville qui ne dormait jamais. Sauf que, la dernière chose que désirait Alessandro, c'était de se retrouver seul, dans une chambre, avec Katie Collins.

Il n'aurait jamais dû l'embrasser.

Nerveux, il la guida à travers la douane jusqu'à la limousine que son assistant avait réservée.

À l'hôtel, la réceptionniste lui remit la carte de la chambre tandis qu'un porteur prenait leurs bagages.

Il n'aurait jamais dû l'embrasser.

Il se retourna et la regarda. Elle contemplait le décor comme si elle n'avait jamais rien vu d'aussi luxueux. Avec ses grands yeux et ses joues roses, elle avait l'air émerveillé.

Son désir se réveilla peu à peu, et il rassembla ses forces pour le refouler. Il était fatigué, voilà pourquoi il ne contrôlait plus ses réactions, mais il devait se reprendre très vite. Ils allaient faire un petit tour, dîner puis discuter de son avenir de façon rationnelle et tout irait bien.

À condition qu'il ne se retrouve pas en tête à tête avec elle. Le voyage en avion avait été une véritable torture pour ses sens. Hors de question de recommencer, hors de question de la toucher une nouvelle fois. Le baiser qu'il lui avait volé avait été une énorme erreur.

Une fois le domaine sauvé et Katie sortie du piège lancé par Brian, peut-être pourrait-il avoir une liaison avec elle, mais, en attendant, mieux valait éviter.

— Tu veux monter tout de suite dans la chambre ou bien tu préfères faire un petit tour avant ?

— Un petit tour, c'est une bonne idée.

Apparemment, elle non plus n'était pas pressée de se retrouver seule avec lui. À ses yeux, il représentait le grand méchant loup, et elle avait raison d'être prudente. Il était prêt à la croquer toute crue !

Il l'entraîna jusqu'au bar de l'hôtel. Ils discuteraient demain. Ils étaient tous les deux trop fatigués, ce soir, ils avaient besoin de se détendre.

— Regarde les couleurs de ce cocktail ! s'exclama Katie dès qu'ils entrèrent, en voyant passer une serveuse chargée d'un plateau. Il est magnifique ! Il doit être délicieux.

— Tu peux en avoir un, si tu veux.

— Je t'ai demandé de m'épouser, pas de devenir ma mère.

Sa colère l'amusa, et la tentation de l'embrasser le submergea à nouveau. Il serra vite les poings pour se maîtriser.

— Quand as-tu bu de l'alcool pour la dernière fois ?

Pour toute réponse, elle lui adressa un regard mutin. Vraiment ? Elle n'avait jamais bu d'alcool ? Elle n'avait jamais voyagé non plus. Que n'avait-elle jamais fait d'autre ? Il avait perçu de l'inexpérience dans son baiser, tout à l'heure, même s'il l'avait ensorcelé.

— Un seul verre alors.

Aucun d'eux n'avait besoin d'alimenter un peu plus les flammes du désir.

Le serveur revint peu après avec le cocktail le plus coloré qu'il ait jamais vu. Ces cocktails apparemment inoffensifs étaient souvent les plus forts et, si Katie en buvait trop, la situation pourrait facilement dégénérer.

— Je ne suis pas sûr que…

Trop tard, elle venait d'en boire une grande rasade.

— Il est encore meilleur que je ne l'imaginais.

Il prit son verre, goûta et grimaça.

— Un whisky, s'il vous plaît, dit-il au serveur qui passait à proximité. Un double.

— Tu n'as pas aimé ? lui demanda Katie, les yeux malicieux.

Il éclata de rire. Il préférait ce regard radieux à celui, angoissé, qu'il avait aperçu dans son bureau.

— Tu sais bien que je n'ai pas aimé.

Il la vit soudain retrousser les manches de son chemisier blanc d'écolière et sa température augmenta dangereusement. Il balaya le bar du regard pour ne pas fixer les centimètres carrés supplémentaires de peau qu'elle venait d'exposer. Pourquoi ? Depuis quand est-il fasciné par des avant-bras ? D'habitude, ses conquêtes portaient moins de vêtements et il n'était pas troublé à ce point.

Heureusement, le serveur lui apporta son whisky à cet instant, le ramenant à la réalité. Sans attendre, il en but une gorgée tout en maudissant la petite voix dans sa tête qui lui avait soufflé que boire serait une bonne idée. Il sortit ensuite son téléphone de sa poche. Il avait oublié de le rallumer après l'atterrissage.

Dominique lui avait laissé plusieurs messages lui demandant de la rappeler de manière urgente. Voilà qui était étonnant. Intrigué, il composa le numéro de son assistante.

— Que se passe-t-il ?

Dominique ne le dérangeait qu'en cas de force majeure.

— Je viens de découvrir que les fiançailles de Katie Collins avec Carl Westin avaient été annoncées.

— Pardon ?

Il n'était pas sûr d'avoir bien entendu.

— Les fiançailles de Katie avec Carl Westin, répéta Dominique. L'information est en ligne depuis une heure.

— Merci de m'avoir prévenu. Je vous rappelle très vite.

Sans ajouter un mot, il raccrocha puis retira son verre à Katie. Ce n'était pas le moment qu'elle s'enivre.

— Qu'est-ce qui ne va pas ? lui demanda-t-elle, l'air soudain très inquiet.

— As-tu vérifié tes messages ?

— C'est Susan ? Je n'aurais jamais dû la quitter.

Les yeux pleins de larmes, elle sortit d'une main tremblante son téléphone de son sac.

— Susan va bien. Par contre, tes fiançailles avec Carl ont été annoncées cet après-midi.

— Ce n'est pas possible. Je… Je ne comprends pas. J'ai dit non. J'ai dit à Brian que je n'étais pas d'accord ! Il ne peut pas m'obliger à épouser Carl !

Elle alluma son téléphone et blêmit un peu plus.

— Brian a essayé de m'appeler plusieurs fois.

Blanche comme un linge, elle écouta ses messages.

Brian parlait tellement fort que, même assis de l'autre côté de la table, Alessandro pouvait entendre son ton méprisant. Sa colère augmenta d'un cran.

Encore une fois, Brian tentait d'intimider Katie. Il lui expliquait que, maintenant que les fiançailles avaient été annoncées, elle ne pouvait pas faire honte à sa famille en refusant, elle ne pouvait pas embarrasser Susan. Susan qui, d'ailleurs, ne sortait plus de son lit depuis qu'elle avait appris son départ.

Incapable de rester là sans réagir, Alessandro lui confisqua son téléphone qu'il éteignit puis, passant une main sur son visage, il tenta de rassembler ses idées. Si seulement il n'avait pas bu ce whisky et avait dormi pendant le vol, il aurait peut-être eu les idées plus claires. Hélas, son esprit était embrumé et il ne trouvait pas de solution. Une chose était sûre, cependant, il devait faire quelque chose, n'importe quoi, pour soulager l'anxiété de Katie.

En fait, la solution la plus évidente se tenait face à lui. Puisqu'ils avaient fait un si long voyage, autant aller jusqu'au bout. Pour l'instant, le mariage était, de loin, l'option la plus rapide et la plus facile. Il serait sans doute vu comme le méchant de l'histoire, la canaille qui avait séduit la fiancée d'un autre homme. Les ragots allaient s'en donner à cœur joie, mais peu lui importait. Pour l'instant, il n'avait qu'un but : effacer cette peur qui marquait le beau visage de Katie.

— Penses-tu que je doive le rappeler ? lui demanda-t-elle d'une voix timide.

— Non. Pas encore.

Elle se leva tant bien que mal, et il posa les mains sur ses épaules avant de la regarder dans les yeux.

— Tu veux que je t'aide, n'est-ce pas ?

— J'ai peur que Susan…

— Je vais m'assurer qu'elle va bien, fais-moi confiance.

Elle le regardait fixement, ses yeux reflétant une myriade d'émotions contradictoires, la peur surtout, mais aussi l'espoir.

— Tu es sûre de toi ? Tu es prête à aller jusqu'au bout ?

Plus vite il l'épouserait, plus vite il aurait la liberté d'agir en son nom. Tout ce qu'il voulait, c'était voir son sourire et ces petites étincelles pétiller dans ses yeux.

L'air toujours terrifié, elle hocha la tête.

— Je suis prête.

Katie frissonna de la tête aux pieds. Les lèvres qui se déplaçaient sur les siennes étaient chaudes, assurées et taquines à la fois. Elles l'enflammaient et faisaient courir son sang dans ses veines.

Sous le charme, elle laissa échapper un gémissement de plaisir et entrouvrit les lèvres, cherchant la chaleur de sa langue. Elle adorait quand il… Oui… Un torrent de sensations exquises la balaya, allumant de nouveaux feux d'artifice de volupté.

— Katie…

Comment pouvait-il murmurer son nom alors qu'il l'embrassait si passionnément ?

— Katie ?

Elle inspira. Elle n'avait pas envie de bouger. Elle préférait continuer à flotter dans son cocon de bien-être et de plaisir, détendue et heureuse. Un sourire ravi au coin des lèvres, elle rouvrit lentement les yeux et, instantanément, son sourire s'évanouit.

Elle n'était pas en train de rêver. Elle était dans un lit et elle n'était pas seule. Alessandro Zetticci n'était qu'à quelques centimètres d'elle, allongé, et il la dévisageait.

— Tu gémissais, dit-il.

Elle gémissait ? Bon sang, que lui arrivait-il ?

Perdue, elle l'étudia pour tenter de trouver une explication et sa respiration resta bloquée dans sa gorge. Elle ne pouvait plus respirer, elle ne pouvait pas bouger, elle ne pouvait pas parler. Il était nu ! Alessandro était nu ! En tout cas, son torse, au-dessus du drap, était dévêtu, et musclé aussi.

— Que fais-tu ici ?

— Tu préfères que je parte ?

Il agrippa le drap et, un sourire malicieux aux lèvres, commença à le repousser.

— Non ! Tu ne peux pas partir, tu es nu !

— Pour être honnête, je ne suis pas tout à fait nu. J'ai gardé mon caleçon. Je l'ai fait pour toi car, d'habitude, je n'aime pas les sous-vêtements.

Comment diable avaient-ils pu…

— Les tissus synthétiques bon marché me donnent des boutons, ajouta-t-il, une lueur espiègle dans le regard.

— Tu es sûr que ça vient du tissu ?

Il éclata de rire.

— Je savais bien que le chaton avait des griffes…

— Je ne suis pas un chaton !

— Peu importe. Toujours est-il que je préfère la soie, ou mieux encore, rien du tout.

Il était naturiste ? Il ne manquait plus que cela !

Elle essuya les gouttes de sueur qui perlaient sur son front. Le fait qu'ils soient dans le même lit ne signifiait rien pour lui, elle en était bien consciente, mais ce n'était pas son cas. Elle n'avait jamais couché avec un homme.

Nerveuse, elle avala tant bien que mal sa salive et fouilla dans ses souvenirs de la veille.

— Avons-nous…

Elle avait du mal à parler, tant elle était troublée par la vue de sa peau bronzée.

— Tu ne t'en souviens pas ?

Non, tout était flou dans son cerveau.

— Rassure-toi, ta vertu est intacte.

Ouf ! Pour être honnête, elle s'en doutait un peu car elle était encore habillée. Son chemisier, sa jupe, son soutien-gorge, son slip… Elle portait tout et, pourtant, elle était mortifiée. Jamais elle n'avait ressenti une telle honte. Pourquoi ?

— Nous nous sommes mariés…

— Nous nous sommes mariés.

Elle ferma les yeux, songeant qu'elle aurait dû être soulagée. Après tout, elle désirait ce mariage, mais tout ce qu'elle ressentait à cet instant, c'était la confusion, le dégoût.

— Tiens.

Elle rouvrit les yeux et, du bout des doigts, comme si elle avait peur qu'elle ne prenne vie et ne la morde, elle prit la photo qu'il lui tendait et baissa les yeux sur le cliché. Ils se tenaient l'un à côté de l'autre, entourés par les membres du personnel de la chapelle qui leur avaient servi de témoins.

Sous la photo, elle remarqua un code pour télécharger la vidéo.

— Tu veux revivre la magie ?

Sans attendre sa réponse, Alessandro attrapa son téléphone.

À vrai dire, elle n'avait pas très envie de voir la vidéo. Ses souvenirs suffisaient à l'humilier.

— Nous avons choisi l'option vidéo ?

— Nous sommes à Vegas, tout s'achète ici.

Sur une musique d'ascenseur et des images de Las Vegas, la vidéo commença. Elle portait son horrible jupe marine et son chemisier froissé, alors que, lui, il était aussi beau que d'habitude. Et il souriait.

Incapable de s'empêcher de regarder l'écran, elle assista à l'échange des vœux avec Alessandro qui tenait son visage en coupe. Avait-il eu peur qu'elle s'enfuie ? Il y avait pourtant peu de risque car elle était comme clouée sur place, hypnotisée non pas par son physique, mais par son regard envoûtant.

La caméra fit un zoom avant sur leurs visages pendant qu'ils s'embrassaient avec gourmandise. Elle se vit faire tomber le bouquet que l'hôtel leur avait fourni pour pouvoir glisser ses bras le long de son corps et l'embrasser en retour. Apparemment, elle n'avait pas vu qu'une caméra les filmait.

Abasourdie, elle entrouvrit la bouche, incapable de quitter du regard ces dernières images. Elle devait ressembler à toutes les autres filles qu'il avait embrassées, tout aussi affamée qu'elles de sensualité, tout aussi disposée à succomber à la volupté. La seule différence, c'était qu'elle n'était ni glamour ni sexy avec sa jupe en synthétique, et qu'ils n'avaient rien fait.

À l'écran, elle vit Alessandro interrompre le baiser avant d'éclater de rire.

C'était un cauchemar ! C'était épouvantable ! Ce n'était pas le décor bon marché de la chapelle de mariage, ni son affreuse tenue, c'était son regard qui était épouvantable. Elle semblait être amoureuse et tout le monde pouvait le voir !

Surtout lui.

Et maintenant, il était presque nu dans son lit…

Tout lui revenait en tête, à présent. À la fin de la soirée, elle était tellement bouleversée qu'elle lui avait demandé de rester avec elle. Il l'avait accompagnée dans la chambre, il l'avait rassurée. Il s'était conduit en parfait gentleman.

Tout à coup, tout s'éclairait. S'il ne s'était rien passé, c'était tout simplement parce qu'il ne voulait pas qu'il se passe quelque chose.

Il avait mal à la tête, pas parce qu'il avait trop bu mais à cause de la tension accumulée ces dernières heures. Il avait cessé de boire à l'excès des années auparavant, pourtant, la tentation de s'enivrer avait été forte, la veille au soir.

Il s'était cependant retenu à cause de l'appel de Dominique.

Il était tellement ébranlé par la détresse de Katie qu'il n'avait eu d'autre choix que d'opter pour un mariage rapide.

Les souvenirs le submergèrent. Il l'avait embrassée et,

en ce moment même, il mourait d'envie de répéter l'expérience, mais, à voir son expression consternée, il devinait que ce n'était pas le moment.

Son téléphone se mit à vibrer. C'était un message de félicitations, suivi quelques secondes plus tard par un deuxième, puis un troisième. En quelques minutes, un afflux de félicitations remplit son écran.

Voilà qui était étrange. Curieux, il fit une rapide recherche en ligne. Il ignorait comment, mais leur vidéo de mariage avait été mise en ligne et avait créé le buzz pendant la nuit.

Il reprit la photo et examina le document. Zut…

— J'ai donné mon consentement pour que la chapelle utilise nos images à des fins promotionnelles.

Il avait été tellement distrait par la détresse de Katie, tellement déterminé à la soulager, qu'il n'avait pas été attentif aux documents qu'il signait.

— De quoi parles-tu ?

Elle était blanche comme un linge.

— La chapelle a mis notre vidéo de mariage en ligne.

— Quoi ? La vidéo de nous… De moi…

Elle s'interrompit, et il la regarda baisser les yeux vers sa tenue froissée.

En effet, elle n'était pas la plus belle mariée du monde, pas la plus élégante. D'ailleurs, les trolls s'acharnaient sur elle, sur Internet. Certains commentaires étaient même si méprisants que mieux valait ne pas les lui montrer.

Décrochant le téléphone de l'hôtel, il commanda deux petits-déjeuners. Il avait besoin de manger pour se remettre de ses émotions.

— Comment peux-tu avoir envie de manger dans ces circonstances ?

— Un bon petit déjeuner est exactement ce dont nous avons besoin tous les deux.

Il préférait la faim de nourriture à cette autre faim qui le tenaillait car son remède habituel contre les maux de tête, un corps-à-corps passionné, n'était pas envisageable aujourd'hui. Il avait déjà dépassé les bornes avec Katie, et à plusieurs reprises, alors hors de question de recommencer.

Il sortit du lit et se mit à arpenter la chambre pour tenter de réfléchir aux événements.

— Tu vas tout annuler, murmura-t-elle soudain.

Il se retourna et la dévisagea.

— Jusqu'à l'annonce de nos fiançailles, tu n'avais pas l'intention de m'épouser, n'est-ce pas ?

Elle avait l'air si désespéré qu'il serra les poings pour résister à son envie de la prendre entre ses bras.

— Je l'avoue, c'est vrai, je pensais que tu retrouverais tes esprits une fois loin de Brian. Je pensais que tu comprendrais que le mariage n'était pas nécessaire.

— Tu m'as fait faire tout ce chemin juste pour me donner le temps de reprendre mes esprits ?

— Pour moi, ce n'était qu'une question de jours.

— Et puis Brian a annoncé mes fiançailles.

Sur le coup, il n'avait pas trouvé d'autre solution. La peur qu'il avait lue dans ses yeux l'avait contraint à l'action. Ils n'avaient pas conclu de contrat de mariage, ni discuté du montant qu'il allait injecter dans la propriété. Ils s'étaient simplement mariés, sans réfléchir.

Elle remonta ses genoux devant sa poitrine.

— Tu dois me trouver pathétique.

— Je pense que tu es…

Il s'arrêta et essaya de réfléchir à la meilleure façon d'expliquer ces idées confuses qui tournoyaient en lui, des idées et des émotions inédites qu'il ne comprenait pas.

— Tu es gentille. Peut-être un peu… naïve, et tu as désormais un mari pour te protéger.

Elle ne répondit pas. Elle se contenta de le regarder fixement.

— Eh bien, femme, je t'écoute. Quelle est la prochaine étape de ta liste ? lança-t-il pour tenter de la dérider.

Elle soupira.

— On peut annuler le mariage. On trouvera un autre moyen. Je suis désolée de t'avoir fait perdre ton temps.

Ignorant comment répondre, il demeura immobile.

— Peut-être que le scandale serait encore plus grand si nous divorcions…, reprit-elle, soudain pleine d'espoir. J'ai fugué à Vegas sur un coup de tête, je me suis marié sans réfléchir, puis j'ai divorcé tout aussi rapidement. Brian sera fou de rage.

Sa gorge se noua et ses poings se serrèrent. Tout à coup, il ne se souciait plus du tout de ce que cet abruti de Brian pensait. Il était en colère contre elle parce qu'elle voulait rompre leur union alors qu'il avait remué ciel et terre pour faire ce qu'elle avait voulu.

— Non, nous n'allons pas annuler. Nous allons rester mariés au moins six mois.

— Mais tu ne voulais même pas une semaine !

Elle était en colère ? Eh bien, lui aussi.

— Tu nous as mis dans cette galère, *Dolcezza*, alors autant t'y habituer.

Il prit son téléphone, décidé à s'occuper de cette situation sans attendre, ce qui signifiait s'éloigner de Las Vegas.

— Faites préparer le jet, ordonna-t-il dès que Dominique répondit. Départ dans deux heures. Je vous enverrai un message avec la destination et d'autres détails sous peu.

— On s'en va déjà ? s'étonna Katie.

Pour une raison qu'il n'expliquait pas, il ressentait soudain un besoin pervers de la provoquer.

— Nous partons en lune de miel.

— En lune de miel ?

La voyant s'empourprer de la tête aux pieds, il sentit sa température grimper. Il ne parvenait pas à détacher son regard de sa peau rosie. Il avait envie de la toucher, de la caresser, ses mains le démangeaient.

— Cela nous permettra de réfléchir aux six prochains mois.

Il allait demander à son équipe d'élaborer toutes les options concernant le mariage, puis il organiserait les soins à prodiguer à Susan. Il s'occuperait aussi de la dette de Brian et veillerait à obtenir suffisamment de munitions pour être sûr qu'il lui obéisse.

Dans sa tête, il commença à rédiger les différents courriels. Il fallait à tout prix qu'il s'occupe l'esprit pour ne pas se jeter sur Katie.

— Je dois retourner voir Susan, dit-elle.

— Tu m'as demandé mon aide, alors laisse-moi m'en occuper. Fais-moi confiance.

— D'accord, répliqua-t-elle, l'observant avec méfiance. J'ai besoin de prendre une douche…

— Pendant ce temps-là, je vais te commander des vêtements.

Lissant sa jupe, elle passa à côté de lui, et il ne put s'empêcher de lui saisir le bras. Il avait besoin d'apprendre à mieux la connaître pour diminuer la tension et leur permettre de coexister pendant un certain temps. Mais comment empêcher la réaction chimique qui bouillonnait entre eux de s'enflammer ?

— Pour ton information, sache que je refuse toute aventure extraconjugale. Pour tous les deux.

Elle frissonna, mais ne baissa pas les yeux. Il lisait même de la détermination dans son regard.

— D'accord. Mais, pour ton information, sache que, de mon côté, je refuse toute intimité. C'est un mariage blanc.

Vraiment ?

Il sourit, soudain délivré de son mal de tête. Il avait l'habitude de tirer le meilleur parti de ses opportunités et il allait s'amuser à la taquiner car, contrairement à ce qu'elle voulait lui faire croire, elle ne pouvait pas plus que lui nier l'alchimie qui existait entre eux.

— Comme tu veux, mais tu peux changer d'avis à tout moment. Je ne t'en tiendrai pas rigueur.

Il l'avait embrassée, il l'avait entendue gémir et, s'il le voulait, il la ferait changer d'avis en quelques minutes.

5.

Katie commençait à apprécier les bénéfices de la richesse d'Alessandro. Passer le portail de sécurité à l'aéroport sans attendre, être traitée comme une personne importante, et que dire du luxe d'un jet privé… Rêveuse, elle s'enfonça dans le moelleux siège en cuir. Finalement, la précipitation avait du bon. Plus vite ils seraient de retour à White Oaks, mieux ce serait.

— Va donc t'allonger, dit Alessandro. Tu arrives à peine à garder les yeux ouverts.

Impossible, elle avait oublié quelque chose d'important.

— J'aurais dû téléphoner à Susan. Elle doit être morte d'inquiétude.

Quelle égoïste elle était ! Oui, elle s'était laissée entraîner par le dynamisme d'Alessandro, mais ce n'était pas une excuse.

— Mes avocats ont déjà pris contact avec Brian, pendant que tu étais sous la douche.

— Ton contact s'est fait par l'intermédiaire d'avocats ?

En une fraction de seconde, la colère s'empara d'elle.

— Tu devrais être contente. Ils ont fait à Brian une offre qu'il ne peut pas refuser. White Oaks va être sauvé.

— Et Susan ?

— J'ai engagé une équipe d'infirmières. Elle bénéficiera d'une assistance vingt-quatre heures sur vingt-quatre, ce dont elle aurait dû profiter depuis déjà des mois.

Un sentiment de honte l'envahit. Elle avait toujours fait de son mieux pour sa mère adoptive. Aujourd'hui, cependant, elle se rendait compte que ses efforts avaient été insuffisants, presque ridicules.

— Brian a-t-il accepté ton offre ?

Elle avait des doutes. Brian n'avait jamais aimé avoir des gens à la maison. Il avait toujours insisté pour qu'elle et Susan se débrouillent seules.

— Soit il accepte mes conditions, soit il est obligé de déclarer faillite. Le choix est simple… Je te rassure, cependant… Même s'il opte pour cette dernière option, White Oaks et Susan seront pris en charge. Je pense cependant qu'il acceptera.

Elle releva les yeux vers lui. Et lui, serait-il prêt à tout sacrifier pour une femme, un jour ? Non. Elle repoussa cette idée. Il était tellement arrogant et sûr de lui qu'il ne sacrifiait jamais rien.

Songeuse, elle le regarda retourner à son travail et taper avec application sur le clavier de son ordinateur. Jamais elle n'éprouverait une assurance à l'image de la sienne. Depuis qu'elle était petite, elle n'avait pas confiance en elle. Craignant de déplaire à Brian et d'être chassée de la maison, elle s'était toujours appliquée à obéir tout en se faisant la plus transparente possible. Elle avait agi ainsi pour elle-même, mais également pour Susan qui subissait elle aussi la pression de Brian. Quand celui-ci était de bonne humeur, il était généreux et sympathique, entourant son épouse d'amour et d'affection. Dans ces rares moments, elle se sentait en sécurité. Malheureusement, ces parenthèses heureuses ne duraient jamais.

Aujourd'hui elle avait irrévocablement modifié leur relation en refusant d'épouser Carl Westin et s'était enfin libérée de son emprise. Elle était enfin libre.

Grâce à Alessandro.

En fait, elle s'était libérée de l'emprise d'un homme pour passer sous celle d'un autre. À cette idée, elle se sentit soudain mal à l'aise. Mais ce n'était pas là le problème. Le véritable problème, c'était son coup de cœur. Il n'y avait pas d'autre mot pour décrire ce qu'elle éprouvait pour Alessandro.

Ce qui voulait dire qu'elle devait réagir. Comment ? Elle l'ignorait. En attendant d'échafauder un nouveau plan, elle n'avait d'autre choix que de se rabattre sur ses anciennes techniques de survie et de se faire la plus discrète et la plus sage possible.

Pour éviter de passer tout le vol à le fixer comme une adolescente énamourée, elle se retira dans la chambre. Concentrée sur le rythme régulier de ses doigts sur le clavier, elle se détendit enfin et ferma les yeux.

— Katie ?

Elle sursauta en sentant le matelas s'affaisser et rouvrit les paupières.

— J'ai réussi à passer une nuit entière dans ton lit sans me jeter sur toi, alors tu n'as pas à avoir peur de moi, dit-il en s'asseyant à ses côtés.

— Je n'ai pas peur de toi.

— Tu as peur de toi-même alors.

Elle leva les yeux au ciel.

— Est-ce que cela t'arrive d'être sérieux ?

— Tout le temps.

Une sonnette d'alarme résonna en elle. Même s'il flirtait et jouait, elle avait aussi l'impression qu'il disait la vérité. Ce qui voulait dire qu'elle devait vite changer de sujet de conversation.

— Depuis combien de temps volons-nous ?

— Nous atterrissons dans moins d'une heure.

Elle avait dormi pendant presque tout le vol. Bonne nouvelle…

— Je me pose une question.

L'inquiétude la gagna. Qu'allait-il encore lui demander ?

— Il n'y avait vraiment pas d'autre homme avec qui tu voulais t'enfuir ? Tu n'avais pas un petit ami au village ?

Cette question était si personnelle que sa bouche s'assécha

instantanément. Incapable d'articuler le moindre mot, elle se contenta de secouer la tête.

— Et les étudiants qui viennent cueillir les fruits pendant l'été ? Tu n'as flirté avec aucun d'entre eux au fil des ans ?

Lui, il avait apprécié ces étudiantes, mais pas elle. Elle avait bien trop peur de provoquer la colère de son père adoptif ou de décevoir Susan. De toute façon, aucun saisonnier ne l'avait jamais regardée, et la seule fois où elle avait mis du rouge à lèvres, Brian l'avait traitée de fille légère.

Avec cette simple phrase, il avait tué en elle tout désir d'attirer un garçon, confirmant ce qu'elle savait déjà, à savoir qu'elle n'était pas assez belle et ne méritait pas d'être aimée.

Elle releva les yeux. Alessandro la dévisageait toujours.

— Tu n'as vraiment eu aucun petit ami ? insista-t-il.

Elle secoua la tête une fois de plus.

— Jamais ? Alors tu n'as pas…

— Non. Pas de petit ami. Pas de baiser. Pas de sexe. Rien du tout, ajouta-t-elle, devançant les questions qu'il allait sans doute lui poser.

— Je ne crois pas avoir jamais rencontré une femme de ton âge qui soit encore vierge. Ce n'est pas banal.

Il avait prononcé ces mots comme si c'était un problème. Elle soupira. Encore une fois, c'était sa faute, c'était elle qui avait un problème. Honteuse, elle baissa la tête.

— Carl sait-il que tu n'as pas eu de petit ami ?

— Tu crois que c'est pour cette raison qu'il souhaitait m'épouser ? Tu crois qu'il voulait absolument une vierge ?

Non, impossible. C'était bien trop absurde. Elle disait n'importe quoi.

— Je crois que j'ai compris, reprit-elle. En fait, tu n'arrives pas à comprendre pourquoi il voulait que je sois sa femme.

— Non, je n'arrive pas à comprendre pourquoi n'importe quel homme voudrait se marier. Ce n'est pas toi personnellement.

— Sans doute Carl voulait-il une femme docile.

— Tu n'es pas si docile !

— Je ne sais pas. En tout cas, faire face à six mois de célibat ne m'inquiète pas. Je ne suis pas intéressée.

Elle voulait désespérément croire ses propres paroles mais, plus que tout, elle voulait marquer un point contre lui.

— Je ne pense pas que tu sois à ce point désintéressée, Katie. Tu es peut-être inexpérimentée, mais tu n'es pas désintéressée, je n'y crois pas. Qui t'a donné ton premier baiser ?

Elle baissa les yeux.

— Katie…

Il avait compris à en croire son ton incrédule.

— Ce n'est pas la peine d'en faire toute une histoire, marmonna-t-elle.

— Je n'en fais pas toute une histoire. De quoi as-tu peur ? Si tu as attendu aussi longtemps, il doit bien y avoir une raison.

Pourquoi insistait-il ? Pourquoi était-il à ce point intéressé par sa vie ?

— Peut-être que je souhaitais offrir ma virginité à mon mari, rétorqua-t-elle sur un ton de défi. Beaucoup de femmes attendent pour cette raison.

Il la dévisagea, tel un prédateur attendant le bon moment pour bondir, une expression indéchiffrable sur le visage.

— Si tu veux tout savoir, les seules raisons pour lesquelles je suis vierge sont le manque d'intérêt et le manque d'opportunités, avoua-t-elle.

Une lueur diabolique s'alluma dans les prunelles sombres.

— Comme c'est pratique… Tu disposes des deux, aujourd'hui.

Elle avala sa salive. Il ne voulait sûrement pas dire que…

Sans la quitter des yeux, il approcha son visage du sien.

— Je suis intéressé et nous avons l'opportunité. Qu'en dis-tu, Katie ? On sait tous les deux à quel point on s'entendrait bien.

Il n'était pas sérieux, elle en était certaine. Enfin… Presque certaine. Le problème, c'était qu'une partie d'elle-même avait envie qu'il le soit. Une partie d'elle-même avait envie de s'abandonner.

Sa raison la rappela à l'ordre, et elle rassembla toutes ses forces.

— Je ne suis pas intéressée.

— Tu es sûre ?

Sa respiration s'accéléra, et des gouttes de sueur perlèrent à son front.

— Il ne s'agit pas uniquement du manque d'opportunité. Tu attends l'amour, n'est-ce pas ?

— Évidemment. Il faut au moins que j'apprécie l'homme en question.

Comme s'il était touché par ses mots, il grimaça et pressa sa main contre son cœur.

— Après tout ce que j'ai fait pour toi, tu ne m'apprécies toujours pas ?

— Arrête de jouer avec moi. Je ne suis pas faite pour toi.

Il la regarda fixement pendant une seconde puis éclata de rire.

— Au contraire, ce petit simulacre prouve que tu as du caractère, Katie. À White Oaks, tu étais silencieuse parce que tu devais l'être, pas parce que tu n'avais rien à dire. Tu n'es pas réellement timide.

Il lui attrapa la main, lui aplatissant les doigts lorsqu'elle essaya de fermer les poings.

— Tu vas devoir t'habituer à quelques caresses, continua-t-il, son index dessinant des cercles dans sa paume. Si tu ne veux pas que Susan se pose des questions, tu vas devoir faire semblant d'être amoureuse de moi. Tant que tu n'es pas capable de jouer ce rôle, tu ne peux pas la voir.

Son ton était léger, mais il pensait chaque mot qu'il venait de prononcer, elle en avait la conviction.

— Tu voulais ce mariage, tu l'as eu, à toi maintenant de convaincre. Mais il faut que tu saches que je vais te toucher et que je vais t'embrasser. Tout le monde sait que c'est ainsi que je me comporte avec les femmes.

Il lui adressa un clin d'œil avant de reprendre.

— Après tout, je t'ai volée à ton fiancé, alors il faut que tu aies l'air d'avoir été envoûtée !

Une vague de chaleur commença à l'envahir. Ses caresses, pourtant légères, faisaient frémir sa peau, lui donnaient la chair de poule.

La gorge nouée, elle tenta d'avaler sa salive. En vain.

— Tu ne peux pas rougir à chaque fois que je m'approche à moins d'un mètre de toi. Tu ne peux pas me fuir.

Elle ne voulait pas fuir. Au contraire.

Le pire, c'était qu'il le savait.

— Nous allons devoir nous entraîner.

— J'espère que tu plaisantes !

— Je n'ai jamais été aussi sérieux.

Sans attendre sa réponse, il posa sa bouche sur la sienne. C'était un baiser léger et taquin qu'elle aurait pu interrompre facilement, mais elle ne le fit pas. En lieu et place, laissant son corps prendre le pouvoir, elle se lova contre lui.

Glissant une main derrière sa nuque, il approfondit le baiser. Ses lèvres la caressaient et sa langue jouait avec la sienne, annihilant toute sa raison. Elle n'était plus qu'une boule d'émotions. De délicieuses et étourdissantes bouffées d'émerveillement l'envahissaient.

Qui aurait cru qu'embrasser pouvait être si facile ? Si bon ?

Soudain, son cerveau se réveilla. Une fois de plus, il avait libéré quelque chose qu'elle avait longtemps caché, une tentation pour laquelle elle n'était pas prête. Malheureusement, elle ne pouvait pas s'arrêter, elle ne pouvait pas reculer. Le désir de continuer à l'embrasser était trop fort.

C'était une erreur, il le savait, mais plus il l'embrassait, plus sa raison s'évanouissait. Plus il se perdait dans sa douceur, plus son cerveau abdiquait.

Stop ! Il n'y avait rien de mal à embrasser une femme. Les baisers étaient des plaisirs aussi fugaces et sucrés que des bonbons. Le problème, c'était qu'elle était vierge, et qu'elle était son épouse. Comment était-il censé empêcher l'alchimie entre eux de s'enflammer au cours de ces six mois ? C'était impossible.

Il se força à rompre le baiser et la dévisagea. Dans ses prunelles, il apercevait des étincelles de plaisir.

Elle n'était pas une poupée en porcelaine comme elle voulait le faire croire, elle était la femme la plus sexy qu'il ait jamais vue, et il n'avait jamais désiré une femme comme il la désirait à cet instant.

Incapable de résister à la tentation, il plaqua à nouveau sa bouche sur la sienne et l'attira contre son torse. Il avait besoin de la sentir contre lui.

En succombant à la sensualité, il leur rendait service à tous les deux. Il rendait leur mariage plus réel et les débarrasserait de la frustration qu'ils ressentaient tous les deux.

Non, inutile de se mentir, il obéissait simplement à son désir primal de la toucher, de la goûter.

Il l'embrassa dans le cou, émerveillé par sa peau douce. Des idées osées plein la tête, il laissa ensuite sa main descendre le long de sa hanche, s'attarda sur les courbes parfaites de son corps, écouta sa respiration s'accélérer et se délecta de ses petits gémissements. Il adorait ses soupirs de plaisir.

Il glissa un doigt sous son T-shirt, savourant sa peau soyeuse, remontant petit à petit vers ses seins. Il allait les embrasser et les caresser jusqu'à ce que le plaisir les rende tous les deux fous…

— Arrête… Alessandro, arrête, s'il te plaît.

Il se figea, honteux. Il avait perdu le contrôle alors que cela ne lui arrivait jamais, mais il pensait qu'elle ressentait la même chose. Avait-il mal interprété tous ces signes qu'il pensait avoir perçus ?

— Katie…

Désorienté, il regarda les émotions troubler son beau visage tandis qu'il forçait son cerveau à se réveiller.

— C'est bon, marmonna-t-elle, tu as prouvé ton point de vue. Inutile d'en faire plus.

Le problème, ce n'était pas qu'elle ne voulait pas plus mais qu'elle pensait que, lui, il ne voulait pas plus. Pourquoi ? se demanda-t-il, désarçonné. Il ne comprenait pas.

Peu à peu, il sentait la colère grandir en lui. Ses accusations étaient-elles vraies ? Ne jouait-il pas avec elle juste pour qu'elle admette qu'elle le désirait elle aussi ? Oui, c'était son objectif. Du moins au départ, mais deux secondes après l'avoir touchée, la notion de jeu avait disparu, remplacée par la réalité de cette incroyable attraction entre eux.

— Je ne cherche pas à prouver quoi que ce soit.

— Je ne suis pas une femme pour toi. Nous ne faisons pas partie du même monde.

— Je t'ai embrassée parce que je le voulais et j'ai envie de toi. Parce que, aussi exaspérante que tu sois, tu es aussi fascinante et je veux te toucher. Partout… Excuse-moi si cela t'offense.

Les couleurs envahirent ses joues, et elle rouvrit enfin les yeux.

— Tu me trouves fascinante ?

— Exaspérante aussi, répéta-t-il avec un sourire malicieux.

— Je croyais que c'était juste un jeu pour toi.

— C'est toujours un jeu. J'aime flirter avec toi, mais seulement parce que je te désire vraiment.

Il se pencha un peu plus. La provoquer lui donnait un plaisir qu'il n'avait pas ressenti depuis des années, mais la toucher était… Sublime. Et une addiction.

— C'est parce que je suis inexpérimentée ?

— Au contraire, ça me déconcerte. Je te rappelle aussi que je t'ai embrassée dès que j'en ai eu l'occasion, avant même que je sache que tu n'étais pas expérimentée.

— Je suis désolée si c'est un problème, rétorqua-t-elle, sarcastique. C'est peut-être difficile pour moi de te croire parce que personne n'a jamais voulu de moi avant.

— C'est seulement parce que tu te cachais.

Il baissa les yeux vers le jean et le T-shirt qu'elle portait et qui ne révélaient qu'un soupçon de sa silhouette. Elle avait de jolies courbes et de longues jambes pour une femme petite et menue. Elle aurait dû être plus sûre d'elle, comme elle l'était quand elle parlait de son travail.

Une nouvelle vague de désir le balaya.

— Je ne suis pas sûr que notre union puisse rester un mariage blanc pendant six mois.

La probabilité qu'ils arrivent à tenir six mois sans avoir de relations sexuelles était pratiquement nulle. L'alchimie qu'il ressentait, elle la ressentait également. Il était prêt à en mettre sa main au feu.

Elle avait grandi renfermée, enfermée, mais il lui montrerait le monde si elle le laissait faire. Ensuite, ils seraient libres de continuer leur vie chacun de son côté lorsque leur mariage prendrait fin.

Il se leva d'un bond et passa une main sur son visage, tentant de chasser l'image de Katie dans les bras d'un autre homme. L'idée qu'un autre homme la fasse gémir comme il l'avait fait gémir le rendait fou de rage. Il serra les dents.

Avec un seul baiser, tout avait changé.

Ce rôle de sauveteur n'était pas pour lui, il n'avait jamais voulu se marier, mais ils étaient liés désormais, ce qui voulait dire qu'il allait devoir exercer un meilleur contrôle de ses émotions.

Katie rougissait constamment parce qu'elle était une romantique inexpérimentée. Lui était l'exact opposé.

Il se rappela soudain son offre de le rembourser d'une façon ou d'une autre. Pensait-elle qu'un baiser était le moyen de le remercier ? D'accord, elle avait appris à obéir, mais être obéissante ne voulait pas dire être soumise.

Avait-elle l'impression qu'elle n'avait pas le droit de lui dire non, maintenant qu'il l'avait épousée ? L'idée qu'elle ne dise oui que pour lui faire plaisir, ou parce qu'elle avait l'impression de lui être redevable, lui donnait la nausée.

Mais elle lui avait répondu, il en avait la certitude, et il s'était arrêté à la seconde même où elle lui avait demandé de le faire. Il pouvait le faire et le ferait toujours. Il pouvait se contrôler.

— Je te désire, mais je ne ferai que ce que tu veux. Tu dois vraiment le vouloir, Katie.

Il fallait qu'elle le désire comme lui l'avait désirée, d'un désir presque incontrôlable.

Revenant au présent, il jeta un coup d'œil à sa montre.

— Nous atterrissons dans une demi-heure.

— Irons-nous directement voir Susan ?

— Nous n'atterrissons pas en Angleterre mais en Italie. On part en lune de miel, rappelle-toi…

6.

Encore une fois, Katie se laissa porter par l'incroyable dynamisme d'Alessandro, passant d'un jet privé à une limousine, d'un hôtel fabuleux à un autre hôtel fabuleux. Complètement différent de celui de Las Vegas, celui-ci était situé au bord de la mer, face à une marina où s'alignaient des dizaines de yachts plus luxueux les uns que les autres.

Que faisait-elle là ? Elle n'était pas à sa place, ici. Elle était bien trop quelconque. Si seulement elle avait pu se cacher dans un trou de souris…

— Tu as besoin de vêtements, dit Alessandro à la seconde où ils se retrouvèrent seuls dans une grande suite, confirmant qu'elle ne correspondait pas à ses standards de beauté. Tu veux de l'aide pour les choisir ?

Elle avait besoin de vêtements, elle ne pouvait le nier, mais elle ne pouvait pas tout le temps se reposer sur sa générosité.

— Si tu crois que je vais parader devant toi comme une courtisane…

— Je ne parlais pas de moi, je n'ai pas le temps de t'emmener faire du shopping et, de toute façon, je préférerais te voir déshabillée plutôt qu'habillée. Non, je parlais d'une styliste.

Une styliste ? Incrédule, elle demeura silencieuse, cherchant désespérément une réponse intelligente. En vain.

Jusqu'à présent, elle n'avait eu que très peu d'options vestimentaires. Le village dans lequel elle vivait ne comptait que des magasins s'adressant à une population âgée et, depuis le jour où Brian s'était moqué de sa tenue, elle préférait se cacher sous des jeans et des T-shirts informes.

Devait-elle être vexée de sa proposition ? Reconnaissante ? Elle n'arrivait pas à se décider.

— Pourquoi pas..., finit-elle par répondre. Merci beaucoup.

Tout à coup, elle avait envie de relever le défi et, surtout, elle avait envie d'être jolie.

Sans attendre, il passa un coup de fil.

— La styliste est en route, lui annonça-t-il quand il raccrocha. Tu auras besoin d'une tenue décontractée et de quelques robes pour les réceptions. Surtout, ne t'inquiète pas pour le budget. Pendant ce temps, je vais travailler.

— Tu travailles trop !

Il lui adressa un clin d'œil.

— Es-tu en train de flirter avec moi, Katie ?

Un bruit à la porte résonna à cet instant. Sauvée par le gong ! Elle ignorait comment lui répondre.

Alessandro ouvrit à une jeune femme brune. Élégante, parfaitement maquillée, parfaitement coiffée, celle-ci s'approcha d'elle et la dévisagea.

— Je me présente : Julia, je suis styliste.

Après l'avoir étudiée de la tête aux pieds, elle hocha la tête, visiblement satisfaite.

— Vous avez une belle silhouette.

Pour toute réponse, Katie lui sourit, ne sachant comment réagir. C'était la première fois qu'elle rencontrait une styliste.

Alessandro murmura quelque chose en italien à Julia, et son malaise augmenta. Parlaient-ils d'elle ? La critiquaient-ils ? Peut-être devrait-elle partir. Oui, mieux valait sortir. Mais, avant qu'elle ait eu le temps de bouger, Alessandro se leva.

Il s'approcha d'elle et se pencha vers son oreille.

— Ne t'habille pas pour me faire plaisir, lui murmura-t-il d'une voix sensuelle qui lui donna la chair de poule. Ni pour faire plaisir à tes parents adoptifs. Habille-toi pour te faire plaisir à toi. Uniquement à toi.

De ses lèvres, il lui effleura le cou, allumant instantanément des feux d'artifice de plaisir en elle. Sous le choc, sous le charme, elle ferma les yeux.

— À toi de relever le défi.

Ces mots donnèrent un coup de fouet supplémentaire à son pouls, mais aussi à son stress. Comment allait-elle y arriver ? Oui, elle avait carte blanche et une carte de crédit. Oui, elle était libre de s'exprimer et en avait les moyens, mais comment ? Jamais elle ne s'était retrouvée dans une telle situation.

Sa journée avec Julia commença dans un salon de l'hôtel où elles passèrent une heure à feuilleter des magazines et à discuter des styles qui lui plaisaient. La styliste l'entraîna ensuite au spa pour un massage, une manucure, une leçon de maquillage ainsi qu'une coupe.

— Nous allons vous créer la garde-robe parfaite pour votre lune de miel, dit la jeune femme avec un très fort et très joli accent italien. Alessandro sera sans voix.

Pendant plusieurs heures, elle essaya des robes, des pantalons, des chemisiers… Et, peu à peu, elle commença à se détendre, découvrant le plaisir de porter des vêtements parfaitement ajustés et en belles matières comme la soie, le cachemire, le lin…

— Celle-ci flatte votre féminité délicate, commenta Julia lorsqu'elle sortit de la cabine d'essayage vêtue d'une robe à fleurs au décolleté profond.

« Délicate » était le bon terme car elle ne s'était jamais sentie particulièrement féminine.

Les sourcils froncés, elle étudia son reflet avec un peu de tristesse. Tirer le meilleur parti de ses maigres atouts ne suffirait sans doute pas à la transformer en une de ces créatures qu'Alessandro avait l'habitude de fréquenter.

Stop… Elle était son épouse pour quelques semaines, alors hors de question de se plaindre. De plus, elle était plus belle qu'elle ne l'avait jamais été, alors pourquoi ne pas en profiter ?

— Essayez ça, dit Julia en lui tendant soudain un bikini argenté.

— Je ne suis pas sûre...

— Il mettra vos yeux en valeur.

Julia était gentille, mais, à vrai dire, Katie n'était guère convaincue.

— En attendant, je vais noter des idées de look pour que vous puissiez choisir plus facilement et je ferai tout livrer dans votre suite avant votre départ.

Pour toute réponse, elle hocha la tête. Apparemment, Julia était au courant des projets d'Alessandro pour les prochains jours. Pas elle, hélas.

Une heure plus tard, Katie était de retour dans la suite.

En pleine conversation téléphonique, Alessandro ne se retourna pas quand elle entra. Parfait, elle n'avait pas envie de subir ses remarques sarcastiques sur sa nouvelle coiffure ou ses vêtements.

En attendant qu'il termine, comme elle avait chaud, elle décida d'aller à la piscine.

Elle mit le bikini avant de glisser ses pieds dans des sandales couleur bronze et de prendre le châle que Julia lui avait conseillé.

Une fois assise au bord de la piscine, elle sentit la culpabilité la gagner. Elle avait acheté bien trop de vêtements. Dans ce salon délicieusement parfumé, avec ces miroirs étincelants, avec Julia qui lui donnait l'impression qu'il était parfaitement normal d'acheter six paires de chaussures, sept robes et un énorme assortiment de jupes, pantalons et hauts, elle avait perdu la tête. Elle allait devoir s'excuser auprès d'Alessandro et supplier Julia de reprendre la moitié des vêtements. Il n'y avait pas d'autre solution.

— Katie ?

Reconnaissant la voix rauque qui venait de prononcer son prénom, elle se retourna.

— Alessandro… Je… Tu as fini de travailler ?

Les mains sur les hanches, il la dévisagea. Elle ne voyait pas ses yeux, cachés par ses lunettes de soleil. Par contre, elle voyait bien son visage, et il était fermé. Était-il de mauvaise humeur à cause de son travail ? À cause d'elle ? À cause de ses achats ?

— Tu étais occupé, et je ne voulais pas te déranger.

Pour toute réponse, il balaya la piscine du regard.

— J'avais envie de me rafraîchir, ajouta-t-elle, de plus en plus nerveuse.

— Tiens, mets ça.

Il attrapa son châle qu'il lui posa sur les épaules.

Mal à l'aise, elle baissa les yeux. Il n'aimait pas le bikini, c'était évident. Elle lui faisait honte.

Soudain, il se pencha, retira ses lunettes de soleil et la regarda droit dans les yeux. Inquiète, elle avala tant bien que mal sa salive.

— N'aie pas l'air aussi terrifié !

Il passa un doigt le long de son épaule nue.

— Ta peau est très claire alors soit je te mets de la crème solaire soit tu te couvres. À toi de choisir.

Il avait peur qu'elle attrape un coup de soleil ? Ce n'était que cela ? Surprise, elle le fixa, et sa température grimpa en flèche. Ses prunelles brillaient tant qu'elle avait l'impression qu'elles allaient l'enflammer, tout à coup.

— J'ai déjà mis de la crème.

Elle ne voulait plus que ses mains touchent son corps. Surtout pas. Du moins, pas en public. Elle n'était pas sûre de pouvoir résister à leur pouvoir magique.

— Viens, nous partons dans vingt minutes.

— Pourquoi ? Cet hôtel me plaît.

— Je t'emmène ailleurs. Au paradis, en fait.

— Des promesses, toujours des promesses… Il faut prendre l'avion pour aller dans ton paradis ?

— Non, l'hélicoptère. Le voyage sera très court.

Il jeta un coup d'œil au châle presque transparent dont elle s'était couverte.

— Tu peux garder le bikini si tu veux. Il te va bien.

Hors de question, elle n'allait tout de même pas prendre l'hélicoptère en bikini !

— Tu t'es amusée aujourd'hui ? demanda-t-il en la raccompagnant dans leur suite.

— En fait, je crois que j'ai trop dépensé. J'étais tellement excitée que je me suis laissée prendre au jeu. J'ai dit oui à tout. Je suis désolée.

Il éclata de rire.

— Bien sûr que tu es désolée, *Dolcezza*, tu es toujours désolée. Et moi qui pensais que tu faisais des progrès…

Elle fronça les sourcils. De quoi parlait-il ? Et pourquoi sa voix était-elle dure, tout à coup ?

— Je te rembourserai.

— Ce n'est pas nécessaire. Tout ce que je veux, c'est que tu te fasses plaisir.

Il n'attendait rien de plus d'elle ?

À sa grande surprise, elle éprouva un sentiment absurde de déception. Il la désirait peut-être mais, apparemment, pas autant que, elle, elle le désirait.

7.

Lorsque l'hélicoptère s'éleva au-dessus du toit de l'hôtel, Katie agrippa sa ceinture de sécurité, mais elle la relâcha vite, la peur en elle laissant peu à peu place à l'émerveillement. La vue était d'une beauté à couper le souffle avec les yachts blancs qui brillaient comme des bijoux à la surface de la mer scintillante.

Au bout d'une vingtaine de minutes, l'appareil commença sa descente vers une petite île. Au centre, une grande maison moderne se dressait au milieu d'un jardin harmonieux.

Sous le charme, elle sentit son cœur battre plus vite. Elle n'avait jamais rien vu d'aussi beau. Ni d'aussi isolé.

L'hélicoptère se posa enfin.

— Ne me dis pas que l'île t'appartient…

— C'est pourtant le cas.

— Tu as du personnel ?

— Un couple vit sur place et s'occupe de la propriété, répondit-il en ramassant les sacs que le pilote venait de sortir de l'appareil. Mais ils ne sont pas là en ce moment.

Elle était donc seule avec lui ? La nervosité la gagna et son pouls s'accéléra encore un peu plus.

— Je te fais visiter ?

Silencieuse, elle le suivit sur le chemin menant à la maison, tentant d'emmagasiner autant de détails que possible. Tout était si beau. Les jardins étaient plantés de magnifiques arbres visiblement centenaires tandis que les fleurs embaumaient l'air de leur envoûtant parfum estival.

— C'est une grande propriété pour toi tout seul.

— Il m'arrive de la louer quand je ne suis pas là. C'est un investissement comme un autre.

Elle n'en doutait pas. Elle savait que certaines personnes étaient prêtes à dépenser des sommes colossales pour s'offrir une escapade dans des lieux aussi paradisiaques.

Sans doute Alessandro avait-il aussi l'habitude d'inviter ses conquêtes ici. Aussitôt, une image de dizaines de femmes sculpturales, vêtues de minuscules bikinis, paradant autour de la piscine, envahit son esprit et, instantanément, un frisson de malaise la parcourut. Elle se força à refouler ces pensées tandis qu'Alessandro l'entraînait vers une vaste terrasse bordée de lauriers en fleur donnant sur une immense piscine. Il ouvrit une large baie vitrée puis s'écarta pour la laisser passer.

— Voilà ta chambre.

Sa chambre ? La panique la saisit. Tout à coup, elle n'avait plus qu'une envie : fuir. Elle rassembla néanmoins son courage et entra dans la pièce lumineuse et meublée avec goût. Son regard s'arrêta sur le lit, immense, à baldaquin, qui trônait au centre de la pièce. Comme hypnotisée par cette vision, elle passa sa langue sur ses lèvres sèches, forçant son cerveau à ne pas vagabonder et à rester concentré.

— Ma chambre est au bout du couloir. N'hésite pas si tu as besoin de quoi que ce soit.

Elle laissa son regard glisser vers ses bagages. Une partie d'elle avait envie de les prendre et de s'enfuir. En même temps, la dernière chose qu'elle désirait était de s'éloigner de lui.

Elle ne savait plus. Elle était perdue.

— Tu ne voulais pas être seule hier soir, ajouta-t-il comme elle ne répondait pas.

C'était différent. La veille, elle était exténuée et elle avait peur. Aujourd'hui, elle ressentait des émotions très différentes.

Lentement, elle leva les yeux vers lui et, croisant son regard, retint son souffle, comme ensorcelée. Elle ne pouvait plus bouger, elle n'entendait plus que son cœur qui battait, très vite, très fort. Elle ne sentait plus que sa température qui montait de plus en plus.

Depuis qu'elle était entrée dans son bureau, elle avait l'impression que son corps s'éveillait sans cesse un peu plus et que ses sens s'aiguisaient, la rendant de plus en plus consciente de lui, de sa taille, de sa force, de son parfum, de sa sensualité.

Et de son humour délicieusement pince-sans-rire, aussi. Elle n'avait jamais rencontré quelqu'un qui la faisait sourire comme lui. Il était une source de fascination et de plaisir sans fin et, depuis qu'elle avait goûté quelques miettes de volupté entre ses bras, elle en voulait plus. Il avait réveillé un appétit de sensualité qu'elle ignorait même posséder.

Malheureusement, impossible de lui demander de recommencer. Elle n'avait jamais rien exigé de tel de toute sa vie. De plus, il avait affirmé la désirer, mais il désirait de nombreuses femmes. Elle n'avait rien de spécial, elle n'était qu'une parmi des dizaines d'autres.

— Viens. Je vais te faire visiter le reste de la maison.

Il sortit de la pièce, et elle le suivit en silence, s'efforçant de respirer calmement pour évacuer la tension qui l'étreignait.

La magnifique cuisine lui fournit la distraction parfaite pour se changer les idées.

— Alessandro, cette cuisine est fantastique !

Il s'appuya contre le comptoir en marbre et la regarda, le regard gourmand.

— Tant mieux si elle te plaît. J'ai faim. Tu as faim ?

Il la taquinait, évidemment, elle le savait. Pourtant, il lui suffisait d'un seul regard pour lui faire perdre tous ses moyens. Un clin d'œil et elle n'était plus capable de prononcer le moindre mot.

— Il y a des légumes et du poisson frais dans le réfrigérateur, reprit-il. Je vais allumer le gril.

Elle jeta un coup d'œil par la fenêtre et aperçut un potager.

— Je pourrais peut-être trouver des herbes aromatiques.

— Vas-y, *Dolcezza*, fuis, cache-toi ! C'est ta spécialité.

Elle lui lança un regard noir puis, sans un mot, sortit.

Contrairement à ce qu'il avait l'air de penser, elle ne fuyait pas. Elle allait juste faire ce pour quoi elle était douée.

Dehors, elle prit une profonde inspiration et savoura l'air frais. Il n'y avait rien de mieux pour se ressaisir.

Leur mariage ne signifiait rien. Il ne faisait que flirter, il jouait avec elle. Elle ne devait pas prendre au sérieux chaque mot qu'il prononçait, ni chaque regard qu'il lui lançait.

Elle cueillit quelques plantes puis retourna dans la cuisine, déterminée à garder la tête froide.

— Laisse-moi m'occuper du repas.

— Tu n'es pas obligée.

— Je ne te propose pas de m'en charger parce que je me sens redevable, ce que je suis d'ailleurs, mais parce que j'aime cuisiner. Ça me détend.

— Eh bien, si tu insistes…, répondit-il en posant son couteau.

Oui, elle insistait. S'occuper les mains était le moyen parfait pour éviter de le regarder et de tomber sous son charme.

— Je cuisine tous les soirs.

— Pour Brian ?

— Contrairement à ce que tu penses, je ne suis pas une Cendrillon soumise et exploitée. J'adore cuisiner.

Le repas prêt, elle le suivit jusqu'à la terrasse.

— Tu veux un verre ? demanda-t-il. Je peux te proposer une boisson sans alcool.

— Merci.

Elle le regarda lui verser un verre puis remplir le sien avec la même bouteille.

— Ne te prive pas pour moi.

— Je me prive tout seul. Je ne veux pas risquer de perdre mon self-control.

L'espace d'une seconde, elle fut tentée de jeter toute prudence au vent et de lui suggérer de boire un verre de l'autre bouteille ensemble et puis… Elle se ravisa et, plutôt que de dire une bêtise, ou de faire quelque chose de stupide, elle commença à manger.

Alessandro semblait lui aussi chercher à se changer les idées.

— Tu es vraiment douée pour la cuisine, murmura-t-il avant de laisser échapper un soupir de satisfaction.

Elle hocha la tête. Elle n'était pas du genre à se lancer des fleurs mais, oui, elle était douée pour la cuisine.

— Tu viens souvent ici ?

Sitôt ces mots prononcés, elle les regretta. Sa question était bien trop banale. Pourquoi ne pouvait-elle pas agir comme une femme normale, confiante, et non comme une femme désespérément en manque d'attention ?

— Idéalement une semaine ou deux par mois, répondit-il, le regard triste. Dans la réalité, pas tout à fait une semaine.

— Tu amènes des gens avec toi ?

Était-ce là principalement qu'il faisait la fête ? Encore une fois, des images de la piscine bondée de femmes en bikinis s'insinuèrent dans son cerveau.

Son sourire triste s'éclaira soudain, et ses yeux se mirent à pétiller comme s'il devinait les idées interdites qui venaient de lui passer par la tête.

— Non, je viens ici pour profiter du silence.

— Tu aimes le silence ? Est-ce que ça veut dire que tu n'aimais pas diriger ton club ?

Il avait commencé à bâtir son empire en ouvrant le club le plus populaire de Londres, un endroit par définition bruyant.

— J'ai travaillé dur pour faire de ce club un succès. Il m'a permis d'atteindre mon but, c'est-à-dire être en position de contrôle… Contrôle de mes affaires, de mes finances, de ma vie…

Sa curiosité s'intensifia.

— Tu ne disposais pas de ce contrôle avant ?

— Il n'est pas toujours facile à obtenir. Tu connais ce sentiment. Jusqu'à aujourd'hui, tu n'avais aucun contrôle sur ta vie. Tu vivais recluse.

— Je…

Il ignora son interruption et se mit à parler plus vite, plus fort, comme si la colère grandissait en lui.

— Tu devrais avoir ce que tu désires, quand tu le désires. Tu n'as pas besoin de la permission ou de l'approbation de qui que ce soit. C'est à toi de vivre ta vie.

— Tu crois que c'est facile ? Tu crois que je ne devrais pas tenir compte des sentiments des autres ? répondit-elle en essayant de ne pas se fâcher. Tu crois que je ne devrais pas prendre le temps de réfléchir ? Il se peut que ce que je désire ne soit pas bon pour moi.

D'ailleurs, justement, ce qu'elle désirait à cet instant n'était pas bon pour elle.

— Si je comprends bien, tu as peur de te faire gronder.

Dans sa bouche, ces mots sous-entendaient qu'elle était une fille trop gentille qui se faisait sans cesse manipuler. Mais, si elle ne l'avait pas été, elle aurait tout perdu !

— Tu penses bien trop aux autres, ajouta-t-il.

— Peut-être que tu ne le fais pas assez, toi !

— Tenir compte des sentiments des autres ? Pour tout te dire, je suis très prudent avec les sentiments des autres.

— Vraiment ? Je suis surprise.

— Es-tu en train de juger mes relations ?

— Est-ce qu'au moins tu as des relations ?

— Évidemment. Elles sont courtes, toujours, mais torrides, toujours aussi.

L'honnêteté de cette réponse la laissa bouche bée. Elle ne s'attendait pas à une réponse aussi franche.

— Tu ne te permets pas d'approfondir tes relations. Tu restes en surface et tu passes à côté du meilleur.

Il éclata de rire.

— J'ai ce qu'il faut, ne t'inquiète pas pour moi.

— Il n'y a pas que le sexe dans la vie !

— Et tu le sais parce que…

— Je n'ai peut-être pas beaucoup d'expérience dans ce domaine, mais…

— Tu as à peine vécu !

— La vie n'est pas forcément une suite sans fin de

voyages exotiques et d'orgasmes. Certains petits moments sont incroyables et méritent vraiment d'être vécus.

— Peux-tu me rappeler ton âge, s'il te plaît ? Pour l'amour du ciel, Katie, vis un peu ! Tu as dit toi-même que tu ne devais rien à Brian.

— Je sais.

— Pourtant, tu agis toujours comme si tu ne pouvais enfreindre aucune de ses règles.

Elle le regarda en silence. Il avait raison. Hélas, elle n'était pas comme lui, aussi indépendante, aussi hédoniste.

De son côté, ce n'était pas seulement la permission ou l'approbation d'une autre personne qu'il refusait mais le fait de s'attacher à qui que ce soit de manière sérieuse. Tant mieux pour lui si cette philosophie lui convenait, mais il n'avait pas à insinuer que la vie qu'elle menait était inutile et triste.

— C'est moi qui ai choisi de rester et de m'occuper de Susan.

— Avais-tu d'autres options ? Brian t'a suffisamment répété que tu lui étais redevable.

Sa colère refit surface. Elle ne s'était pas occupée de Susan uniquement par obligation. Loin de là !

— Je l'aime, Je voulais…

Elle s'interrompit en voyant son expression s'adoucir.

— Je sais tout cela. Je dis juste que Brian devrait mieux s'occuper d'elle.

La note amère dans sa voix ralluma la curiosité de Katie. Pourquoi la façon dont Brian traitait sa femme le mettait-elle à ce point hors de lui ? Elle avait du mal à comprendre.

— Oui, il devrait s'occuper d'elle. J'aurais dû l'y obliger.

— Comment ? Naomi ne s'est pas occupée de mon père et rien de ce que j'ai pu faire n'a changé cette situation. Elle et Brian se ressemblent beaucoup, malheureusement.

Comment Naomi avait-elle blessé son père ? Était-elle pour quelque chose dans sa mort ? Était-ce pour cette raison qu'il avait quitté White Oaks et n'était jamais revenu ?

Intriguée et curieuse, elle inspira profondément pour se donner le courage de l'interroger.

— Comment…

— Veux-tu parler à Susan ? l'interrompit-il en regardant sa montre. Maintenant, ce serait le bon moment.

Il faisait exprès de changer de sujet, c'était évident, mais pourquoi pas… Après tout, Susan lui manquait.

— Bonne idée. Je m'en veux de ne pas l'avoir fait plus tôt.

— Elle sait que tu vas bien. Dominique a été en contact constant avec elle depuis notre mariage. Et elle est en forme, une infirmière a commencé à s'occuper d'elle.

La culpabilité la gagna à nouveau. Alessandro avait tant fait… Et elle, rien du tout. Elle se contentait de rêver qu'elle l'embrassait. Finalement, Brian avait raison, elle n'était qu'une petite égoïste.

Il sortit son téléphone de sa poche et le lui tendit.

— Susan ? dit-elle dès que sa mère adoptive répondit.

— Katie ? C'est toi ?

— Comment vas-tu ?

— Où es-tu ?

— Tu vas bien ?

— C'est vrai ?

Elle esquissa un sourire. Chacune posait des questions, mais aucune ne répondait à l'autre.

— Est-ce vrai que j'ai épousé Alessandro Zetticci ? Oui. C'est vrai.

— Pourquoi ne m'as-tu rien dit ?

Mal à l'aise, elle se mordilla la lèvre inférieure.

— Je pensais que tu désapprouverais cette union.

— Est-ce pour cette raison que tu t'es enfuie ? Si je l'avais su, j'aurais parlé à Brian. On aurait pu organiser une belle cérémonie dans les jardins…

Soulagée, Katie se détendit sur son siège. Susan devait aller bien si elle était capable d'évoquer ses précieux jardins.

— Je suis désolée. Je…

— Es-tu heureuse ? l'interrompit Susan.

Elle se figea, ébranlée par le ton sérieux de sa mère

adoptive. Elle croyait qu'elle était heureuse lorsqu'elle vivait à White Oaks. Elle se concentrait sur Susan, sur ses confitures… Mais non, elle n'avait jamais été heureuse à cent pour cent puisqu'elle se sentait constamment harcelée par Brian. Suivre ses règles, ne jamais se sentir à la hauteur, avoir toujours peur qu'il la mette à la porte… Ou, pire, qu'il lui ordonne d'épouser Carl… Tout cela était épuisant, éreintant.

Aujourd'hui, grâce à Alessandro, elle avait eu un aperçu du monde au-delà de White Oaks. Pendant les quelques heures qu'elle avait passées avec lui, elle en avait vu plus que durant toute sa vie.

— Es-tu heureuse ? répéta Susan.

Elle riva son regard à celui d'Alessandro et s'y accrocha. Comme par magie, son cœur se mit aussitôt à battre à un rythme effréné. Elle pouvait à peine répondre tant l'émotion lui nouait la gorge, mais elle ne pouvait pas mentir.

— Oui, je suis heureuse.

Elle avala sa salive pour se reprendre.

— Je serai à la maison dans quelques jours.

— Je suis impatiente de vous voir tous les deux, ma chérie.

Après avoir raccroché, Katie, tremblante, rendit le téléphone à Alessandro. Comment allait-il réagir ?

Une autre vague de culpabilité l'étreignit. Pauvre Alessandro… Ces dernières vingt-quatre heures, elle avait été exigeante avec lui. Pour être honnête, elle ne s'était jamais conduite de façon aussi agressive avec quiconque avant. Elle ne se reconnaissait pas. Depuis qu'elle avait pénétré dans son bureau, elle avait l'impression qu'une flamme s'était allumée en elle, la poussant sans cesse à le provoquer, le défier.

D'une façon ou d'une autre, elle devait trouver une solution pour se calmer. Elle n'avait pas le choix.

— Merci pour tout, murmura-t-elle d'une petite voix.

— Ta gratitude est la dernière chose que je désire.

Nerveuse, elle avala sa salive.

— Que veux-tu de moi, alors ?

— Ne me pose pas cette question... Ne transfère pas ton besoin de faire plaisir aux gens sur moi, s'il te plaît.

Elle tressaillit. Quelques secondes plus tôt, elle était prête à le laisser faire tout ce qu'il voulait. Maintenant, elle avait honte. Parce qu'il ne voulait pas d'elle, du moins pas réellement. Il avait simplement joué avec elle dans l'avion parce qu'elle était inexpérimentée.

Le sexe est toujours un jeu.

Le pire, c'était qu'il savait à quoi elle pensait. Il pouvait lire ses pensées, peut-être même mieux qu'elle.

Il se leva soudain d'un bond et s'éloigna de la table.

— Tu ne me dois rien, compris ?

8.

Alessandro rentra dans la cuisine. Seul. Il avait en effet refusé l'aide de Katie car il avait besoin de quelques minutes de solitude pour se ressaisir. Mais comment se reprendre alors que son parfum envoûtant embaumait la pièce ? Sans compter qu'il lui suffisait de fermer les yeux pour la revoir en train de cuisiner, confiante, souriante… En un mot, magnifique.

Il aurait pu la regarder pendant des heures.

Depuis qu'il l'avait aperçue au bord de la piscine, vêtue de son minuscule bikini argenté, toute raison l'avait déserté. Elle l'avait ensorcelé.

Les trois hommes installés au bord de la piscine avaient eux aussi apprécié le spectacle. Elle n'avait pas eu l'air de les remarquer mais, lui, il les avait vus la dévorer du regard. Incapable de s'en empêcher, il avait alors passé un bras protecteur sur son épaule, ne laissant aucun doute sur le fait qu'elle était prise.

Encore une preuve qu'il ne se maîtrisait plus.

Il devait sans cesse rassembler toutes ses forces pour s'empêcher de la toucher ou de la prendre dans ses bras. Un comportement qui ne lui ressemblait pas. Malheureusement, plus il passait du temps à ses côtés, plus ses hormones prenaient le dessus sur sa raison. Ce n'était pas sa nouvelle coupe de cheveux ou ses nouveaux vêtements qui faisaient la différence, c'était sa confiance en elle qui s'épanouissait d'heure en heure, la prise de conscience qu'elle avait de son désir ainsi que l'impatience qu'il lisait dans son regard.

Si seulement il ne l'avait pas embrassée…

Depuis qu'il avait découvert la douceur de ses lèvres et la passion qu'elle cachait en elle, il ne parvenait plus à lui échapper. Lui qui d'habitude n'avait aucun mal à quitter une femme, il n'arrivait pas à s'éloigner d'elle. Impossible… Comme une sirène, elle l'avait fait prisonnier dans ses filets et privé de toute volonté. Il ne pensait plus qu'à elle, il ne voulait plus qu'elle. Le reste n'avait plus aucune importance.

Las, il sortit et se mit à arpenter la terrasse de long en large. Il n'admira pas la vue ni ne s'enivra du parfum des fleurs d'été. Non, il était bien trop occupé à rassembler ses forces pour ne pas craquer et ne pas courir la retrouver.

Et s'il allait lui parler ?

Lui parler ? À quoi bon se mentir, il ne voulait pas juste lui parler. Ce n'était pas une conversation avec elle qu'il désirait.

Cette découverte déclencha une nouvelle alarme en lui. Il ne parlait pas à ses maîtresses d'habitude. Il leur donnait du plaisir, en prenait, puis partait et tournait la page.

Il se passa une main sur le visage et soupira. Tout à l'heure, il avait dû se retenir pour ne pas en dire plus concernant Naomi et son père. Il n'abordait jamais ce sujet avec quiconque et, pourtant, il avait été sur le point de tout raconter à Katie. Pourquoi ? Il ne comprenait pas.

Il devait à tout prix maintenir une certaine distance entre eux parce qu'un jour ou l'autre ils se sépareraient. Forcément.

Il s'agrippa à la rambarde.

Il n'aurait jamais dû l'amener ici, dans son île, son refuge.

Il avait cru qu'en venant ici il pourrait la préparer aux rôles qu'ils allaient devoir jouer durant les prochains mois, et surtout se détendre. Au lieu de cela, il était encore plus tendu qu'avant. Il devait sans cesse lutter pour se maîtriser. La tentation le rendait fou, elle le consumait, elle lui faisait perdre la tête.

Katie avait besoin de son aide. Il lui fallait son argent et son pouvoir pour se protéger, mais elle n'attendait rien de plus de sa part. Même si elle y était prête, une aventure en échange de son aide serait pour elle un prix bien trop élevé à payer. Ce qui voulait dire que, s'il éprouvait un minimum de respect pour elle, il n'y penserait même pas.

Le problème, c'était qu'elle le désirait, elle aussi. Elle ne s'était pas contentée de l'embrasser en retour quand il avait posé ses lèvres sur les siennes, elle s'était enflammée ! Oui, il avait perçu de la gratitude dans son baiser, mais il y avait surtout décelé un désir brut, ardent, puissant.

Il ferma les yeux. La tentation était en train de le tuer à petit feu alors peut-être pourraient-ils… Non ! Il leva les yeux au ciel. Qu'il arrête d'y penser, bon sang !

Pourquoi Katie le captivait-elle à ce point ? C'était incompréhensible. Il avait connu de nombreuses femmes, toutes plus belles, plus accomplies professionnellement et certainement plus expérimentées, alors pourquoi Katie ? À cause de sa virginité ? Sûrement pas. Au contraire, elle le freinait.

— Alessandro ?

Il se retourna et la regarda approcher, le regard méfiant.

— Ça va ?

— Non, répondit-il, incapable de mentir. Ça ne va pas.

Il n'allait pas bien. Avant aujourd'hui, il n'avait jamais désiré une femme au point de perdre la tête.

— Je peux faire quelque chose pour toi ?

Elle lui proposait son aide ? Évidemment, elle était toujours partante pour soutenir son prochain.

Une partie de lui voulait son aide, une autre la redoutait.

Avant qu'il ait eu le temps de répondre, le sourire de Katie s'estompa.

— Si tu es de mauvaise humeur, je vais te laisser à tes pensées.

Encore une fois, elle avait la réponse qu'il fallait. Celle que sa raison voulait entendre, mais celle que n'avait pas envie d'entendre son corps.

— Tu me fais perdre la tête, Katie. Ou, plutôt, mes sentiments pour toi me font perdre la tête.

Elle posa une main sur la rambarde, à côté de la sienne, et s'y accrocha aussi fermement que lui.

— Tu… Tu as des sentiments pour moi ?

Mal à l'aise, il se racla la gorge. D'habitude, il n'avait pas de mal à réfléchir à proximité d'une femme mais, à côté d'elle, sa raison vacillait. Ses idées se mélangeaient.

— Peut-être devrais-je plutôt utiliser le mot « pulsion ». Il serait plus approprié.

— Oh ! répliqua-t-elle avant de laisser échapper un petit rire. Tu parles de ça.

— Tu as ces mêmes pulsions ?

— J'essaie de les ignorer.

— Pourquoi ?

— Pour me prouver que j'en suis capable.

Il fronça les sourcils. Pourquoi se retenait-elle ? Elle avait passé toute sa vie à essayer de faire plaisir aux autres. Ne pouvait-elle pas se faire plaisir, pour une fois ?

— Qu'espères-tu gagner en te retenant ?

Il lâcha la balustrade et se rapprocha d'elle. Il ne pouvait pas résister plus longtemps, la tentation était bien trop forte.

— Oui, dis-moi, Katie, qu'espères-tu gagner une fois que tu auras prouvé que tu sais te maîtriser ?

Il l'étudia avec attention. Il voyait ses beaux yeux s'écarquiller un peu plus et sa poitrine monter et descendre plus vite. À l'évidence, elle avait du mal à ignorer ses pulsions.

À cette idée, il sentit tous ses sens se réveiller et ses muscles se tendirent, comme si son corps se préparait. Il en avait assez de se comporter comme un héros capable de se maîtriser en toutes circonstances. Il n'était pas un héros vertueux, il était un joueur ! Il profitait de la vie.

— Qu'espères-tu gagner ? répéta-t-il. Tu es très douée quand il s'agit d'obéir, tu es très douée pour faire ce qu'il faut.

Ou ne pas faire ce qu'elle pensait ne pas devoir faire, avait-il envie de rajouter.

— Donc, je te repose la question : quelle sera ta récompense si tu parviens à te maîtriser ?

Apparemment, elle n'allait s'accorder aucune récompense.

— Elle sera morale. Agir, ou ne pas agir dans ce cas précis, peut procurer une grande satisfaction.

Il avait du mal à la croire. Elle était aussi nerveuse et frustrée que lui, il le devinait, il le voyait. Tout son corps était tendu. Il pouvait même discerner les contours pointus de ses mamelons sous le joli tissu de sa robe.

— La tentation ne va pas disparaître, Katie. Au contraire, elle va s'épanouir et se renforcer. En fait, il n'y a qu'une solution pour te débarrasser de tes pulsions : y succomber.

Elle écarquilla les yeux encore un peu plus.

— Es-tu en train de me dire que le meilleur moyen pour me débarrasser de mes pulsions est d'y céder ? Ça n'a aucun sens.

— Tu n'auras rien à faire.

Il tendit la main et la laisser s'égarer dans ses cheveux soyeux.

— Il te suffit de t'allonger, *Dolcezza*, et de savourer l'instant.

Il rêvait de la voir dans son lit, alanguie, arc-boutée par le plaisir.

Des idées osées plein la tête, il baissa les yeux vers elle. Elle avait l'air sous le choc, interdite.

— Alessandro…

Était-ce un avertissement ? Non, il s'agissait d'un oui timide, il en avait la certitude. Elle rendait les armes. Enfin…

Incapable d'attendre plus longtemps, il glissa un bras autour de sa taille et l'attira vers lui, impatient de découvrir les courbes sensuelles de son corps.

— Laisse-moi être ta récompense.

— J'ai bien peur que tu ne sois ma punition, répondit-elle d'une toute petite voix tout en laissant ses mains s'égarer le long de son torse et en l'explorant timidement.

— Tu es une telle tentation…

— Tu peux séduire n'importe quelle femme.

— Je peux te donner quelques conseils de séduction, si tu veux.

Elle baissa les yeux, mais il lui prit le visage en coupe entre ses mains et la força à le relever.

— Je ne vais pas m'excuser pour mon passé, mais tu dois savoir que ce genre d'alchimie est rare, si rare qu'il est presque impossible à maîtriser.

— Paroles, paroles…

— Non, ce ne sont pas des paroles en l'air. Il faut cependant que tu saches que le sexe… C'est léger, ça ne prête pas à conséquence.

Le sexe ne signifiait rien.

— Comment quelque chose d'aussi intense peut-il être léger ? demanda-t-elle avec une étonnante sincérité. C'est contradictoire.

Il ne répondit pas. À quoi bon lui faire une leçon ? De toute façon, il n'était pas en état de parler, sa raison avait abdiqué.

Oubliant toute retenue, il écrasa ses lèvres contre les siennes avec toute la fougue qu'il possédait, avec tout ce désir qui grandissait en lui depuis qu'elle était entrée dans son bureau.

Elle se mit sur la pointe des pieds, approfondit le baiser, et la température d'Alessandro grimpa de quelques degrés supplémentaires. Il bouillait désormais. Il était en feu. Un désir bestial était en train de le consumer. Il n'avait plus qu'une envie : la posséder corps et âme, et lui faire toucher les étoiles.

S'il était raisonnable, il la relâcherait et se cacherait jusqu'à ce qu'il ait repris le contrôle de lui-même, mais il ne pouvait pas. Sa détermination avait disparu, sa raison avait abdiqué et son corps avait pris le pouvoir. Il n'avait plus qu'un seul objectif : l'entendre crier de plaisir et surtout voir un sourire de plénitude se peindre sur son visage parfait quand elle aurait atteint le nirvana.

Il allait se contrôler jusqu'à ce qu'elle jouisse. Il allait y arriver, il en était capable.

— Ce n'est que pour un moment, Katie.

Il prononçait ces mots autant pour ne pas l'oublier, lui,

que pour la rassurer. Qu'elle ne s'imagine surtout pas que c'était le début d'une relation sérieuse.

— C'est juste pour éteindre le désir.

Il la prit dans ses bras et l'emmena avant que sa raison ne se réveille et ne le rappelle à l'ordre. Il la posa doucement au centre de son grand lit, déterminé à prendre son temps et à ne pas s'emballer. Il ne céderait pas à l'envie de la posséder complètement. Il ne prendrait pas ce plaisir ultime. Pas avec elle. Elle méritait mieux. Elle méritait plus qu'il ne pourrait jamais lui offrir.

Il pouvait tout de même lui offrir quelque chose.

Il l'embrassa et ferma aussitôt les yeux, emporté par toutes les sensations que ce baiser faisait naître en lui, envoûté par son goût sucré de miel et de caramel.

Lorsqu'elle se pressa de façon lascive contre lui, ce fut le coup de grâce. Il ne pouvait plus résister désormais, le désir le submergeait et mille pensées défendues tournoyaient en lui.

— Comment oses-tu te retenir alors que tu es si sexy ?

Il était étrangement furieux contre elle. Pendant des années, elle s'était privée de tout ce qu'elle désirait !

— Tu devrais obtenir ce que tu veux. Tu devrais toujours obtenir ce que tu désires, tu le mérites, marmonna-t-il avant de reprendre possession de sa bouche.

Il voulait qu'elle s'abandonne, qu'elle se libère enfin. Il voulait surtout que le temps s'arrête pour savourer ces quelques minutes où elle était dans son lit, brûlante, vibrante, prête à recevoir ses caresses.

Il ne devait cependant pas oublier qu'il ne s'agissait que d'elle et de son plaisir aujourd'hui. Le sien ne comptait pas.

Katie rassembla ses forces pour tenter de ne pas perdre la tête. Les sensations étaient si intenses, si puissantes, qu'elle ne se maîtrisait plus. Son corps ne lui obéissait plus. Elle n'arrivait plus à réfléchir. Elle voulait ses caresses plus qu'elle n'avait jamais voulu quoi que ce soit. Et il le savait.

Il laissa échapper un petit rire, le son le plus sexy qu'elle ait jamais entendu, et de nouveaux foyers de désir s'allumèrent instantanément en elle. Il reprit ensuite possession de sa bouche, l'embrassant d'abord avec une passion féroce avant de s'adoucir et de laisser sa langue s'égarer dans le creux de son cou puis dans son décolleté. Comme par magie, ses seins se tendirent aussitôt.

Elle était en feu. Tout ce qu'elle désirait, c'était qu'il l'embrasse à nouveau, qu'il fasse danser sa langue contre la sienne comme il l'avait fait auparavant. Elle voulait sentir le poids de son corps sur le sien, qu'il l'écrase, qu'il la prenne, qu'il la possède.

Malheureusement, elle ne pouvait pas le lui dire, elle ne prononçait jamais de tels mots. Elle ne pouvait qu'empoigner le drap pour tenter de retenir ses cris.

Ses mains expertes se posèrent sur ses hanches puis soulevèrent sa robe et dévoilèrent ses cuisses. Instinctivement, elle se cambra, impatiente de sentir sa peau vibrer sous ses caresses, se délectant par avance du contact de ses paumes brûlantes.

Glissant une main entre ses cuisses, il lui caressa le sexe et, ivre de passion, elle se mit à haleter. Rien au monde ne pouvait se comparer à la sensation de ses doigts experts explorant ses recoins les plus intimes.

— Je te défie de faire ce que tu veux, quand tu le veux.

Ses paroles crues lui firent monter le rouge aux joues et une nouvelle vague de chaleur remonta entre ses cuisses jusqu'à se nicher au plus profond de son intimité, annihilant toute sa timidité, toute sa retenue.

— Tu ne crois pas que je l'ai déjà fait ?

Elle lui encercla les hanches avec ses jambes, l'encourageant à aller plus haut, à la mener jusqu'à la folie, jusqu'à l'extase. Elle voulait qu'il la provoque pour répondre avec toute la passion qu'elle se refusait habituellement.

— Ne sommes-nous pas mariés parce que j'ai eu l'audace de te le demander ?

— Tu l'as fait pour protéger Susan, mais tu ne voulais

épouser personne. Ni Carl ni moi. Tu as fait ce que tu pensais devoir faire pour quelqu'un d'autre. À quand remonte la dernière fois où tu as fait quelque chose juste pour toi ?

Elle ne répondit pas, elle n'était plus en état de parler. Elle se contenta d'écarter un peu plus les jambes. Parce qu'elle en avait envie. Voilà, elle faisait ce qu'elle voulait, quand elle le voulait.

— Que veux-tu, Katie ? Dis-le-moi.

— Embrasse-moi, marmonna-t-elle, à bout de souffle.

En un instant, son souhait fut exaucé. Son baiser était charnel, envoûtant, et au moment exact où sa langue plongea dans sa bouche, les doigts d'Alessandro se mirent à taquiner le point le plus sensible de son être. Instantanément, tous les feux d'artifice du monde explosèrent en elle, sa peau devint électrique et ses muscles se firent coton. Un flot de sensations parcourut tout son être. Elle se mit à crier tandis que d'intenses convulsions la parcouraient de la tête aux pieds. Comme un fleuve rompant ses digues, un raz-de-marée de plaisir déferla en elle, emportant toutes ses angoisses.

— N'essaye pas de me faire croire que tu n'en avais pas besoin.

Elle esquissa un sourire. Tout à coup, elle se sentait légère, comme en apesanteur. Elle flottait sur un nuage de bonheur.

Encore tremblante, elle ouvrit les yeux pour plonger dans les siens. Oui, elle était comblée, mais elle n'était pas rassasiée. Elle voulait toujours plus. Il avait réveillé en elle une faim qu'elle ignorait posséder, et elle avait désormais besoin de le sentir en elle.

Il déposa un baiser sur ses lèvres encore endolories puis, sans un mot, bondit hors du lit.

— Où vas-tu ?

— Dehors. Je préfère m'éloigner avant de faire quelque chose que je me suis promis de ne pas faire.

— Alessandro…

— Non, dit-il en secouant la tête.

— Mais tu…, commença-t-elle avant de s'interrompre, incapable de prononcer les mots.

Il n'avait pas joui comme elle avait joui.

— Ne t'inquiète pas, je survivrai.

Il se pencha pour déposer un baiser rapide sur ses lèvres puis il se dirigea vers la porte.

— Fais de beaux rêves, Katie, ajouta-t-il sans même se retourner.

9.

Katie se retrouvait en proie à l'amertume et à la confusion. Elle ne pouvait pas oublier, impossible, le plaisir avait été bien trop intense. Le problème, c'était le désir qui rugissait toujours en elle, plus puissant que jamais, vibrant en elle comme une créature sauvage enfermée dans une prison trop petite. Au souvenir de chaque caresse, de chaque baiser, il se réveillait, se renforçait jusqu'à se transformer en un feu de frustration qui se propageait dans tout son être, l'empêchant de fermer l'œil.

Après quelques heures à se retourner dans tous les sens, elle renonça. À quoi bon persister, elle ne pourrait jamais dormir…

Un peu d'air frais lui ferait peut-être du bien.

Elle sortit sur la terrasse baignée de la douce lumière argentée de la pleine lune.

— Tu n'arrives pas à dormir ?

Elle ne sursauta pas en entendant sa voix sensuelle. Pour être honnête, elle n'était pas étonnée de le trouver dehors.

— C'est magnifique, murmura-t-elle en se tournant vers la mer pour masquer son agitation intérieure. Je comprends pourquoi tu viens ici aussi souvent.

Il ne répondit pas, et sa nervosité augmenta d'un cran. Perdue, elle referma ses bras autour de sa taille pour tenter d'étouffer le flot de désir qui battait implacablement dans ses veines puis, rassemblant son courage, elle se tourna vers lui pour le dévisager. Elle pouvait voir une lueur dans ses beaux yeux, malheureusement, elle ne parvenait pas à la déchiffrer.

Plus tôt, il n'avait eu aucun mal à quitter sa chambre. Le message était donc clair, il ne la désirait pas vraiment. En tout cas, pas autant qu'elle le désirait.

— Alessandro…

Elle était trop curieuse, elle ne pouvait taire sa question.

— Retourne te coucher, la coupa-t-il.

Pourquoi lui parlait-il sur ce ton hautain ? Elle n'était pas aussi naïve et faible qu'il l'imaginait.

— Tu ne veux pas de ma gratitude ? Eh bien, moi, je ne veux pas de ta pitié. Ne me fais plus de faveurs, s'il te plaît.

— Tu crois qu'il s'agissait d'une faveur ? demanda-t-il, excédé, en se levant d'un bond. Je ne peux pas…

— Non, tu ne veux pas ! C'est différent.

— Katie…

La colère se mit à grandir en elle. Son hésitation la rendait folle de rage, folle de frustration.

— Tu m'as expliqué que je devais exprimer mes envies et mes désirs. Je l'ai finalement fait et tu es parti !

Il se leva et, les bras croisés et les pieds bien plantés dans le sol telle une statue, il riva son regard au sien.

— Je le regrette.

Il regrettait d'être parti ? Vraiment ? L'espoir la gagna.

— Fais attention à ton prochain coup, *Dolcezza*, reprit-il sans lui laisser le temps de répondre. Parce que, si tu me reposes la question, je dirai oui et, cette fois, je ne partirai pas. Du moins pas avant qu'on ait tous les deux obtenu satisfaction. Par contre, tu dois savoir que je ne pourrai jamais te donner tout ce que tu désires.

— Comment sais-tu tout ce que je désire ? Je n'ai encore rien dit.

Il ne répondit pas. Il demeura immobile, le visage toujours fermé.

— En plus, je suis tout à fait capable de prendre mes propres décisions, reprit-elle en haussant le ton, incapable de taire plus longtemps sa frustration. Je n'ai pas besoin que tu décides à ma place.

— Tu veux prendre le contrôle ? Très bien, mais ce sera selon mes règles du jeu.

L'acier de sa voix envoya un choc d'anticipation au plus profond de son corps, la laissant sans voix.

— Ma chambre. Mon lit. Ma manière.

Il ponctua chaque mot d'un pas dans sa direction.

Elle ne bougea pas. Elle ne pouvait pas car son regard azur la clouait sur place. Il l'avait ensorcelée, il l'avait envoûtée. Il était si fort, si charismatique qu'il la privait de toutes ses forces. À chaque pas qu'il faisait dans sa direction, elle avait un peu plus envie de se rendre.

Elle avala sa salive et refoula ses questions concernant l'avenir. Elle n'osait même pas penser aux cinq prochaines minutes alors elle n'allait certainement pas penser à demain. Tout ce qu'elle voulait, c'était lui. Ici. Maintenant.

— D'accord.

Dès qu'elle prononça ce mot, il la rejoignit.

Elle le dévisagea. À la lumière du clair de lune, elle pouvait apercevoir quelques gouttes de sueur perler à ses tempes. Était-il nerveux ? Aussi nerveux qu'elle ?

Pendant quelques secondes, elle se contenta de le fixer, son cœur battant à toute allure dans sa poitrine, l'impatience et l'anxiété s'affrontant en elle, puis elle baissa les yeux. Il ne portait qu'un caleçon qui masquait à peine la réaction de son corps. Enivrée par cette vision d'un érotisme fou, elle sentit ses genoux vaciller, ses jambes trembler, elle n'avait plus aucune force.

— Tu refuses ma pitié ? reprit-il. Eh bien, tu vas goûter quelque chose de bien plus puissant que la pitié.

Son rythme cardiaque s'affola un peu plus, et ses joues s'empourprèrent. Elle passa sa langue sur ses lèvres desséchées pour rassembler son courage.

— Prouve-le.

Sa bouche se recourba dans un sourire moqueur.

— La prochaine fois que tu me défies, essaie de respirer d'abord.

— C'est impossible de respirer autour de toi. Tu prends tout l'oxygène.

— Katie…, murmura-t-il avant de prendre son visage entre ses mains.

Allait-il la repousser ? Au bout de quelques secondes qui lui semblèrent durer une éternité, il s'empara enfin de ses lèvres.

Son baiser avait un goût de citron et de menthe, il était frais et rafraîchissant. Timidement, elle ouvrit les poings et tendit la main pour le toucher puis, oubliant peu à peu sa retenue, elle commença l'exploration. Elle laissa ses mains vagabonder, descendre toujours plus bas jusqu'à découvrir sa virilité, puissante, brûlante.

Ses muscles se crispèrent sous ses caresses, et il rompit le baiser.

— Katie… À l'intérieur… Tout de suite.

Il ne la prit pas par la main, cette fois. Sans doute voulait-il vérifier qu'il s'agissait bien de son choix, de sa décision.

Elle le suivit. Ses jambes tremblaient toujours, non de peur, à présent, mais de désir, d'impatience, d'anticipation. Elle ne désirait personne d'autre, elle n'avait jamais désiré personne d'autre.

Ils pénétrèrent enfin dans sa chambre, plus vaste que la sienne. Les rideaux n'étaient pas tirés et, à la lueur de la lune, le lit spacieux semblait n'attendre que les amants.

Elle s'assit sur le lit, et son pouls se mit à battre un peu plus vite. Il se tenait toujours sur le pas de la porte. Qu'attendait-il ?

Au bout de quelques secondes, il approcha enfin. S'agenouillant sur le lit à côté d'elle, il prit son visage entre ses deux mains puissantes et l'embrassa avec une gourmandise inouïe qui lui donna la chair de poule. Incapable de résister, elle ferma les yeux et s'abandonna aussitôt à la volupté. Elle était enfin là, avec lui. Elle n'avait plus besoin de se retenir.

Il allait prendre son temps.

Avec une lenteur calculée, il fit glisser les fines bretelles de sa chemise de nuit en soie jusqu'à exposer ses seins ronds. Il déposa un baiser rapide sur ses lèvres couleur cerise puis finit de la débarrasser de sa chemise de nuit. Sous le charme, il prit son temps pour la contempler, pour la dévorer du regard. Elle était magnifique.

— Tu es belle, murmura-t-il d'une voix enrouée avant de se pencher pour embrasser son ventre plat.

— Inutile d'essayer de me flatter.

Il se redressa et attendit qu'elle le regarde droit dans les yeux avant de répondre.

— Accepte le compliment sinon je m'arrête.

Dans ce cas-là… Pour toute réponse, elle lui adressa son plus beau sourire et se pressa contre lui.

Ses caresses la brûlaient, ses regards l'enflammaient, ils déclenchaient une multitude de feux d'artifice en elle. Incapable de résister à la tentation plus longtemps, elle ferma les yeux et bascula la tête en arrière.

— J'ai besoin de te voir. J'ai besoin de te goûter. J'ai besoin de toi, murmura-t-il.

Ses mains devinrent aussitôt plus pressantes, ses caresses plus intenses. Ses doigts allaient et venaient sur sa peau nue tandis que sa langue dansait contre la sienne avec passion, l'enflammant de la tête aux pieds. Son sang rugissait dans ses veines, tel un torrent en furie. Elle frissonnait de tous ses membres.

Envoûtée, elle s'arc-bouta et écarta les jambes. Elle mourait d'envie qu'il la touche là où elle était en feu. Pourquoi ne le faisait-il pas ? Cherchait-il délibérément à lui faire perdre la tête ?

— Pas encore, murmura-t-il, devinant son impatience.

Il la taquina encore et encore avec ses doigts experts, jusqu'à la mener au bord du gouffre. Une fois, deux fois… Il recommença jusqu'à ce qu'elle se tortille et le supplie. Elle n'en pouvait plus. Elle était en train de devenir folle.

— S'il te plaît, Alessandro…

Pour toute réponse, il lui adressa ce sourire malicieux qui l'attirait tant et lui faisait perdre tous ses moyens puis, quand il insinua enfin un doigt dans les replis humides et chauds, un frisson d'une puissance inouïe la traversa. Tous ses muscles se tendirent comme par magie. Son corps était prêt à exploser.

— Laisse-toi aller.

Elle ferma les yeux. Elle n'avait pas d'autre choix que d'obéir aux diktats de son corps tremblant car elle n'était plus qu'une boule d'émotions. Toute raison l'avait désertée.

Tous les sens en alerte, elle se cambra un peu plus et laissa échapper des soupirs d'extase tandis qu'il la soumettait sans relâche à l'expérience la plus intime et la plus incroyable de toute sa vie.

Il accéléra le tempo de ses caresses, et l'orgasme l'envahit enfin. Mille sensations exquises explosèrent en elle, étirant chaque muscle, chaque cellule. Un cri de volupté s'échappa de sa gorge puis elle retomba sur le lit, rassasiée, comblée.

Encore pantelante, elle sentit ses sens se réveiller quelques secondes plus tard. Son corps semblait déjà prêt pour une nouvelle aventure.

Retenant son souffle, elle le regarda attraper une boîte dans le tiroir de la table de chevet, enlever son caleçon puis dérouler un préservatif sur son sexe tendu.

En feu, elle avala tant bien que mal sa salive. Sa gorge était serrée par l'émotion, son cœur battait à tout rompre dans sa poitrine. Elle n'arrivait pas à détourner le regard, comme hypnotisée par cette vision inédite.

— Je prendrai soin de toi, Katie. N'aie pas peur.

— Je n'ai pas peur, mentit-elle.

Sitôt qu'il se réinstalla sur le lit, l'alchimie entre eux explosa. Elle n'avait jamais été aussi excitée, aussi impatiente, de toute sa vie. Des ondes brûlantes parcouraient tout son corps, de plus en plus nombreuses à mesure qu'il approfondissait son baiser.

Il s'arrêta soudain pour la regarder dans les yeux.

— Es-tu…

À l'agonie, elle se redressa. Elle n'en pouvait plus d'attendre.

— Ne t'avise pas de me poser encore une fois la question.

Pour toute réponse, il lui prit le visage en coupe entre ses mains puis glissa les doigts dans ses cheveux avant de river son regard au sien.

— Tu es magnifique.

Elle essaya de prendre une profonde inspiration, mais elle avait du mal tant sa gorge était nouée par l'émotion.

— Respire, Katie.

Silencieusement, ils se regardèrent. Elle redoutait ce qui allait se passer, mais, très vite, ses doutes s'évanouirent. Le feu qui miroitait dans les profondeurs de ses prunelles donna un coup de fouet à son désir et annihila toutes ses craintes.

Tendue, elle le sentit la pénétrer, lentement, s'y reprenant à plusieurs fois. Elle retint un cri et, soudain, il fut en elle. Émerveillée par la sensation, elle l'embrassa langoureusement et se mit à évoluer contre lui au rythme de ses coups de reins.

Au fur et à mesure qu'il accélérait le tempo, elle sentait son cœur s'accélérer. Envoûtée par le bonheur, par le plaisir, elle se cambra au maximum et s'abandonna, rejetant la tête en arrière et étouffant un râle de plaisir.

Jamais elle n'aurait cru pouvoir ressentir de telles sensations. Rien au monde ne pouvait se comparer à la sensation de son sexe puissant en elle. Elle serra les bras autour de lui, s'ancrant à ses épaules musclées tandis que son corps se contractait autour de lui.

De seconde en seconde, la pression monta et, peu à peu, enivrée par sa virilité, elle se sentit chavirer. Soudain, un éclair fulgurant traversa tout son corps, et elle bascula dans un autre monde.

Au bout de quelques minutes, elle retrouva le calme, mais elle ne le lâcha pas.

— Alessandro…

Il sourit puis l'embrassa comme s'il versait son âme en elle.

— Encore un petit peu, chuchota-t-il. Juste un petit peu. D'accord ?

— Oui.

Le regard enchaîné au sien, il reprit ses va-et-vient, chaloupant en elle tandis qu'elle se cambrait de plaisir contre son corps d'Apollon.

— Jouis avec moi cette fois.

Sa raison abdiqua, et son corps prit une nouvelle fois le pouvoir. Elle enroula une jambe autour de sa taille, le retenant fermement contre elle.

— Plus fort, Alessandro. S'il te plaît.

Elle avait adoré sa tendresse, mais elle voulait désormais sa passion, sa force.

Gémissant, il pressa ses mains de part et d'autre de son visage puis s'enfonça plus profondément en elle, lui offrant un plaisir au-delà de tout ce qu'elle avait connu. À chaque coup de reins, elle haletait un peu plus et découvrait des sommets inédits de sensualité.

Un long gémissement, presque animal, puis un souffle précipité précédèrent l'ultime et fulgurante vague de plaisir intense. Ce n'était pas un filet de plaisir, c'était une rivière, une cascade chatoyante de délices qui s'étendait dans tout son corps. Elle ne s'était jamais sentie aussi proche de personne. Elle ne s'était jamais sentie autant en sécurité.

Même si ce n'était que pour ces quelques mois, c'était le meilleur sentiment de sa vie.

— Merci.

Incapable de rassembler l'énergie nécessaire pour ouvrir les yeux, elle se contenta d'esquisser un sourire timide.

— Merci à toi.

Il laissa échapper un long soupir de satisfaction et son sourire s'évanouit. Elle ne s'attendait pas à des mots d'amour, bien sûr que non, mais elle regrettait néanmoins leur absence.

Était-ce qu'il voulait dire lorsqu'il avait affirmé que le sexe était léger ?

De toute façon, peu importait. Entre eux, il ne s'agissait que de désir physique. Il allait la satisfaire physiquement puis elle se lasserait.

10.

Le trouble et les questions envahirent Katie, insidieusement, tel un serpent venimeux, jusqu'au moment où il fut trop tard, où elle ne pouvait plus réagir et les chasser. Elle prit alors une douche froide, priant pour que cela suffise à réveiller sa raison et chasser les sentiments confus qui tourbillonnaient dans sa tête. Après tout, il s'agissait juste d'une histoire de sexe, d'une relation physique, naturelle, sans conséquence. Cependant, son cœur battait la chamade. Instinctivement, elle savait que sa réponse à leur corps à corps avait été plus intense qu'elle l'aurait voulu.

Elle n'avait pas juste cherché à faire plaisir à Alessandro, comme il l'avait insinué. Non, elle avait tout simplement été incapable de résister à son désir pour lui et, ce matin, celui-ci était toujours aussi vivace. Et elle qui imaginait qu'il serait calmé, que ses pulsions auraient disparu…

Beaucoup de gens étaient capables d'avoir une aventure d'un soir et de passer à autre chose le lendemain. Malheureusement, ce n'était pas son cas. Ce matin, son attirance pour Alessandro était encore plus grande, encore plus puissante. Pour être honnête, elle n'était pas loin de tomber amoureuse de lui.

Soudain lasse, elle se passa une main sur le visage. Elle était ridicule. Elle n'allait tout de même pas croire aux contes de fées. Adolescente, elle avait parfois rêvé d'être enlevée par un prince charmant et emmenée dans un royaume merveilleux, mais Alessandro n'avait rien d'un prince charmant. Oui, il l'avait désirée, mais il tournerait vite la page, s'il ne l'avait pas déjà tournée !

Elle avait eu le courage d'aller lui demander de l'aide. Elle pouvait être courageuse une nouvelle fois en prenant la bonne décision, ce matin.

Alessandro s'installa sur la terrasse et, tant bien que mal, passa en revue ses courriels. Malheureusement, impossible de se concentrer, les questions qui l'assaillaient étaient trop nombreuses. Il n'aurait jamais dû accepter de coucher avec Katie, hier soir. Mais comment résister alors qu'il la désirait comme il n'avait jamais désiré aucune autre femme ?

Le pire était qu'il la désirait toujours. Au simple souvenir de leur corps à corps, ses sens se réveillaient, tous ses muscles se tendaient et sa température atteignait des sommets.

Elle l'avait accusé de ne pas avoir de relation sérieuse. Ce n'était pas faux, mais, contrairement à ce qu'elle pensait, ce n'était pas un problème puisqu'il n'avait jamais eu l'intention de se marier.

Aujourd'hui, il était marié et il ne voulait pas la blesser. Ce qui voulait dire qu'il devait trouver une solution pour éviter que leur relation ne se complique davantage.

Il ferma les yeux. La solution la plus évidente était de mettre un terme à leur aventure, même si, à cet instant, il n'avait qu'une envie : la posséder une nouvelle fois.

— Bonjour.

Il leva les yeux, esquissa un sourire en voyant ses joues s'empourprer et, instantanément, l'envie de la déshabiller et d'égarer la bouche sur sa peau soyeuse le gagna une nouvelle fois.

Non. C'était une mauvaise idée. Hors de question de céder.

— Comment vas-tu ? demanda-t-il d'un ton aussi léger que possible en lui servant une tasse de café.

— Bien, répondit-elle, son regard fixé sur la tasse. Désolée d'avoir dormi si tard.

— Tu en avais besoin.

Elle ne l'avait toujours pas regardé dans les yeux, ce qui était bizarre. Et elle semblait nerveuse, très nerveuse.

— Quoi de neuf ?

Elle but une gorgée de café et se racla la gorge, comme si elle avait quelque chose de difficile à avouer.

— J'ai réfléchi…

— Tu me fais peur, mais vas-y, je t'écoute.

Son regard se promenait entre lui et l'horizon. À l'évidence, elle hésitait.

— J'ai passé une super soirée, hier soir.

Était-elle en train de rompre ? Après une seule nuit ?

— Je pense cependant que nous ne devrions pas recommencer.

— Recommencer quoi ?

Il avait bien compris, mais il voulait qu'elle prononce le mot, il rêvait de la voir rougir encore une fois. Pourquoi ? Peut-être parce que le fait qu'elle le repousse le dérangeait, le touchait même plus qu'il ne voulait l'avouer.

— Nous ne devons plus coucher ensemble.

Pour toute réponse, il se contenta de cligner des yeux. C'était exactement ce qu'il pensait cinq minutes plus tôt, mais, tout à coup, cette idée lui semblait pure folie. Comment renoncer à une telle sensualité ? À des corps à corps aussi magiques ? L'avait-il déçue d'une façon ou d'une autre ?

— Le problème est qu'il s'agit juste d'une façon comme une autre de passer le temps, ajouta-t-elle. Et je comprends pourquoi, c'était incroyable. Mais, pour moi, ce n'est pas aussi simple. Cela m'a plu, beaucoup, mais… C'est sans doute parce que je manque d'expérience et que tu es vraiment…

Il leva une main pour l'interrompre.

— Je n'arrive pas à savoir si tu es en train de me faire un compliment ou de m'insulter, Katie.

— Tu sais donner du plaisir à une femme. Le problème, c'est que, si tu continues à me donner autant de plaisir, je finirai probablement par croire que je suis amoureuse de toi.

— Et, bien sûr, c'est hors de question.

Il se força à sourire malgré la douleur qui grandissait dans sa poitrine.

— Si je comprends bien, tu reprends tes bonnes vieilles habitudes, tu arrêtes d'écouter ton corps et de suivre tes envies.

Et s'il se levait et l'embrassait pour la convaincre de changer d'avis ? Cela le démangeait.

— Au contraire. J'écoute mon instinct de conservation. Je ne suis pas comme toi, Alessandro. Je ne veux pas être une simple maîtresse. Ça ne m'intéresse pas.

Il passa une main lasse dans ses cheveux.

— Je ne suis pas le play-boy que tu imagines. Pour moi, c'est juste un rôle. Comment penses-tu que j'aie réussi à faire parler de mes clubs et à devenir célèbre ? Il ne s'agit que d'un jeu.

— Non, c'est plus qu'un rôle. Je le sais, je t'ai vu.

— Tu as vu quoi ?

— Tu devais avoir dix-huit ans. C'était peu de temps avant que tu quittes définitivement White Oaks. Je t'ai vu dans le verger, avec une saisonnière, et, quelques jours plus tard, je t'ai revu dans les bras d'une autre fille. Depuis toujours, tu enchaînes les aventures.

— Tu m'as vu avec une saisonnière ? Que faisions-nous ?

Il tenta de se rappeler qui et quand, mais, pour être honnête, cette période de sa vie n'avait pas été la meilleure et ses souvenirs étaient flous.

Elle ne répondit pas, se contentant de rougir un peu plus.

À voir sa réaction, il n'avait pas dû se contenter de discuter.

— As-tu pris du plaisir à me regarder ?

— Je… Je ne savais pas ce que je regardais, marmonna-t-elle, mal à l'aise.

Ainsi donc, il s'agissait de plus que d'un simple baiser.

— J'étais curieuse et… Et peut-être un peu jalouse. Tu ne me regardais jamais.

— Évidemment, tu n'étais qu'une enfant ! Et, oui, je

passais du bon temps. J'avais besoin de ces distractions, à l'époque.

— À cause de ton père et de Naomi ?

Prononcée d'une voix douce, sa question perça magiquement son armure.

— Je la détestais.

Il était si las de la confusion qui régnait en lui que la vérité était sortie sans même qu'il y réfléchisse.

— Elle m'a tout pris.

La nouvelle femme de son père les avait fait quitter la maison qu'il aimait. Le cœur de son père avait déjà été brisé une fois, mais Naomi lui avait porté le coup fatal.

Il la foudroya du regard. Comme si elle possédait quelque pouvoir magique, elle l'avait poussé à en dire plus qu'il ne voulait.

— Je ne vais tout de même pas m'excuser pour mon comportement.

Il était malheureux à l'époque. Il était en deuil. Passer du temps entre les bras de jeunes femmes qui ne demandaient qu'à lui offrir un peu de douceur lui faisait oublier la brutalité de son monde en train de s'effondrer.

— J'étais…

— À la recherche de réconfort ?

— Ce n'était qu'un moyen pour moi de me changer les idées, répondit-il, ignorant les soubresauts de son cœur. Le sexe est un passe-temps agréable. Tout le monde aime ça, Katie, même toi. Il n'y a rien de meilleur.

— Il n'y a donc jamais de lien émotionnel ?

Sa question le mit mal à l'aise. Il n'était pas un simple profiteur, il donnait aussi. En tout cas, c'était l'impression qu'il avait.

— Je m'assure toujours que ma partenaire passe un bon moment… Et je peux accepter qu'une femme me dise non.

— Vraiment ? N'est-ce pas toujours un jeu pour toi ?

— Ça ne l'était que quand tu niais le désir que tu éprouvais pour moi.

— Si je comprends bien, tu me désirais juste pour me prouver à quel point, moi, je te désirais.

— Non.

Lors de leur première réunion dans son bureau, elle avait piqué sa fierté et il avait voulu répliquer, la pousser à dire oui, juste pour s'amuser. Mais la vérité était qu'il la désirait vraiment.

— Je te désirais, un point c'est tout.

Et c'était toujours le cas, mais hors de question d'avouer à quel point la nuit dernière avait été différente des autres. Sans doute avait-elle été spéciale parce que c'était la première fois qu'il invitait une femme sur son île.

— Je peux accepter d'être rejeté, Katie. Je ne vais pas te demander de partir ni mettre un terme à notre arrangement jusque parce que tu en as assez. Ton corps t'appartient.

Malheureusement, elle avait laissé un manque dans le sien, et il ne s'agissait pas d'un simple désir physique. C'était bien plus profond.

Ayant enfilé son bikini, Katie contourna la piscine et se dirigea vers la petite plage qu'elle avait aperçue depuis l'hélicoptère. Explorer l'île était le moyen idéal d'éviter Alessandro.

Pendant près d'une heure, elle marcha dans l'eau, réfléchissant à leur conversation puis elle s'arrêta en voyant un bateau à moteur approcher. À en juger par son luxe et par la tenue de ses occupants, il devait s'agir d'amis d'Alessandro.

— *Ciao, bella !* cria l'homme qui tenait la barre.

Pour toute réponse, elle se contenta d'un sourire poli.

— C'est donc vrai, Alessandro !

Alessandro ? Elle se retourna d'un mouvement brusque et, instantanément, sa raison la déserta. Son mari se tenait un peu plus haut sur la plage, vêtu d'un simple short de bain, aussi beau qu'un dieu grec.

— Que fais-tu ici, Vassily ?

— Je satisfais ma curiosité. Ainsi donc, une femme

a réussi à te prendre dans ses filets. Je me demande bien comment elle y est parvenue.

— Certains éléments doivent rester secrets.

— Ça vous dit de venir faire un petit tour en mer ?

— Refuse, Katie.

Elle jeta un coup d'œil à Alessandro, mais fut incapable de déchiffrer la lueur qu'elle apercevait dans ses yeux. Elle avait envie de refuser, mais, en même temps, elle était curieuse.

— Je veux juste vous poser quelques questions, insista Vassily.

Et, elle, elle voulait juste échapper à Alessandro. Alors pourquoi ne pas profiter de l'occasion ?

Elle croisa son regard noir. Allait-il l'empêcher de monter à bord ?

Elle se retourna vers Vassily.

— Il veut que je dise non, mais je ne vais pas céder.

— Belle et provocatrice ! La combinaison parfaite.

Pour toute réponse, Alessandro se jeta à l'eau.

— Tu viens aussi ? Dommage, je ne vais pas pouvoir la torturer pour lui faire avouer la vérité.

— Hors de question que tu la touches.

Quelques secondes plus tard, Alessandro lui tendait la main pour l'aider à monter dans le bateau.

— Dis donc, tu es bien possessif.

— Quand il est question de ma femme, oui.

Il se comportait en homme possessif devant ses amis, mais il ne s'agissait que d'un jeu pour lui. Elle n'était pas dupe.

Une fois installée à bord, elle adressa un sourire à la jeune femme au physique de mannequin qui avait assisté à toute la scène.

— Un tour de l'île. Trente minutes, pas une de plus…, annonça enfin Alessandro. Katie, je te présente Nina et Vassily.

— Voulez-vous un verre ? Il y a du champagne dans le panier à pique-nique.

Voilà donc le monde dans lequel vivait Alessandro,

un monde d'insouciance dans lequel les hommes riches trompaient l'ennui sur de luxueuses embarcations avec des femmes faciles.

Elle observa Nina qui dévisageait Alessandro.

Dans quelques mois, il serait libre de la séduire, s'il le désirait. Il ne le ferait pas maintenant. Il lui avait fait une promesse à Vegas et, tant qu'ils étaient mariés, il la tiendrait, elle le savait. Dans ce cas-là, pourquoi être jalouse ? C'était elle qui avait mis un terme à leur aventure.

Cela ne faisait que trois heures, mais, déjà, elle regrettait sa décision.

— Vous venez souvent rejoindre Alessandro ici ? demanda-t-elle à Vassily pour se changer les idées.

— Personne n'a le droit de venir sur l'île d'Alessandro.

— Il ne la loue pas quand il n'est pas là ?

— Si seulement… Nous la louerions toute l'année !

Pourquoi lui avait-il dit qu'il la louait si ce n'était pas vrai ? Pourquoi lui mentir ? Cela n'avait aucun sens.

Ils avaient déjà fait le tour de la moitié de l'île et approchaient maintenant d'une crique.

— Je n'ai jamais vu une plage aussi belle que celle-ci.

Visiblement surpris, Vassily se tourna vers Alessandro.

— Tu ne l'as pas emmenée nager ici ?

— Nous avons eu d'autres occupations, répondit Alessandro en se tournant vers elle pour passer un doigt sur son bras nu. Le soleil est chaud. On devrait rentrer.

— Vous faites ressortir son instinct protecteur, dit Vassily. Pour être honnête, j'ignorais qu'il en possédait un.

— Bon, tu nous ramènes à la maison ? reprit Alessandro.

— Appelez-moi s'il devient trop grincheux, lui chuchota Vassily en prenant la direction de la plage.

— Je ne suis jamais grincheux. À moins que quelqu'un n'essaie de voler ce qui m'appartient.

C'était une menace à peine voilée, mais il s'agissait toujours d'un jeu de sa part, elle n'avait aucun doute sur la question.

— J'ai envie d'être seul avec ma femme, ça ne devrait pas te surprendre.

Katie soupira de soulagement lorsqu'elle rejoignit la plage.

— Tes amis sont gentils. Vous devez faire un sacré duo de play-boys avec Vassily.

— Tu oublies Nina.

Justement, elle ne voulait pas penser à Nina ! À quoi bon réveiller sa jalousie ?

11.

Katie passa la nuit à se retourner dans son lit. Comme elle n'avait presque pas dormi la nuit précédente, elle aurait dû s'endormir rapidement, mais elle passa des heures éveillée, tourmentée par les regrets et par les questions.

Le dîner avait été agréable. Alessandro lui avait annoncé que le contrat concernant l'avenir de White Oaks était en bonne voie et qu'elle pourrait le signer dès leur retour à Londres.

Elle avait reparlé à Susan qui semblait apprécier la compagnie des infirmières, ce qui voulait dire qu'elle pouvait se détendre. Concernant sa relation avec Alessandro, elle avait pris la bonne décision. Ses pulsions allaient se calmer, forcément, tout comme sa fébrilité. Elle qui avait vécu sans sensualité toute sa vie ne devrait avoir aucun mal à s'y faire à nouveau.

Tout allait bien, donc. Malgré tout, impossible de dormir.

Fatiguée de ne pas pouvoir fermer l'œil, elle se leva tôt et sortit dans le jardin pour cueillir des fruits et des herbes aromatiques.

Pendant un long moment, elle suivit les chemins serpentant à travers les jardins à la française, se concentrant sur la recherche des herbes aromatiques jusqu'au moment où elle tomba sur un chemin étroit. Le panneau *Proprieta Privata* éveilla sa curiosité.

Quelques minutes plus tard, elle aperçut un petit chalet. Il ne s'agissait pas de la maison du couple qui vivait sur l'île à plein temps. Non, elle était clairement beaucoup plus ancienne, et beaucoup plus petite.

Soudain, la porte d'entrée s'ouvrit et Alessandro sortit de la maisonnette, un livre à la main.

Lorsqu'il la vit, la surprise se peignit sur son visage, mais elle disparut vite, remplacée par la tristesse et la lassitude.

— Je suis vraiment désolée, marmonna-t-elle, honteuse, en reculant. J'ai interrompu ta lecture. Je vais te laisser…

— Tu n'as rien interrompu du tout, je n'arrivais pas à me concentrer.

Il jeta un coup d'œil vers son panier avant de reprendre :

— On dirait que tu as trouvé de quoi t'occuper.

Elle baissa les yeux vers sa cueillette.

— J'espère que cela ne te dérange pas.

— Pourquoi est-ce que cela me dérangerait ? Sens-toi libre de faire ce que tu veux. Je ne vais pas te renvoyer, même si tu ne couches pas avec moi. Je ne suis pas comme ton père adoptif. Je suis ton mari, pas ton patron, ni ton geôlier. Tu n'as pas besoin de me demander ma permission.

Il savait. À l'évidence, il savait qu'elle avait passé sa vie à demander la permission et que, souvent, elle avait eu peur.

Il jeta son livre sur la vieille chaise en osier à côté de la porte puis s'avança, prit quelques herbes dans le panier et les approcha de son nez pour les sentir.

— Mon père cueillait souvent des herbes aromatiques.

— C'est lui qui m'a appris à les reconnaître, dit-elle.

Surpris, il écarquilla les yeux.

— Mon père ?

— Oui, au cours de ces deux étés qu'il a passés à White Oaks.

— Tu n'étais qu'une enfant.

— Et alors ? lança-t-elle d'un ton sec avant de s'adoucir. Il m'a trouvée dans les jardins un jour que je me cachais pour échapper à la colère de Brian. Je crois qu'il a eu pitié de moi. Il m'a montré quelques herbes aromatiques et m'a appris à les associer.

— Il a compris ton intérêt ?

— Il l'a suscité. C'était un homme incroyable, généreux...

— Je ne savais pas qu'il t'avait parlé, mais je ne suis pas étonné.

Elle le regarda s'appuyer contre le vieux mur à côté d'elle et, rêveur, fixer l'horizon.

— C'était la maison de mes parents. C'est ici que nous passions nos vacances quand j'étais petit.

Pas étonnant alors que cet endroit soit si spécial pour lui.

Elle demeura immobile, silencieuse. Elle ne voulait surtout pas l'interrompre pour qu'il continue à parler.

— Après la mort de ma mère, mon père et Naomi se sont rapprochés. Elle travaillait dans l'entreprise depuis un moment, dans les bureaux de Londres. Il l'a amenée ici, mais elle n'a pas aimé la maison.

Surprise, Katie haussa les sourcils. Comment ne pas tomber sous le charme de cette île paradisiaque ?

— Les souvenirs de ma mère étaient trop nombreux car c'est ici qu'elle se reposait quand elle était malade. Naomi a convaincu mon père de vendre l'île juste avant leur mariage. Elle voulait qu'il vive en Angleterre et se sépare de tout ce qui était susceptible de lui rappeler ma mère ou leur passé. Je pense qu'elle était jalouse, et je suis persuadé que ce sont ces exigences qui ont brisé le cœur de mon père.

Pensif, il se tourna vers la maisonnette.

— Cette île et cette maison étaient les seules choses que je désirais. Il m'a fallu des années pour les récupérer. Mes parents ont disparu, mais les souvenirs sont toujours là. Mon père avait des projets pour la grande maison, mais maman a toujours préféré celle-ci. C'est là qu'elle aimait s'asseoir au soleil quand elle était trop fatiguée pour bouger.

— Elle a été malade pendant longtemps ?

— Des années... C'était dur pour mon père qui dirigeait les restaurants et développait la production de conserves tout en la soignant. Quand maman est morte, mon père est devenu un autre homme et il a eu une crise cardiaque quelques semaines plus tard. Son cœur était brisé, sans doute, et je ne pense pas qu'il s'en soit jamais vraiment remis.

Elle sentit son cœur se serrer. Cette période avait dû être terrifiante pour Alessandro qui, après la longue maladie de sa mère, avait failli perdre son père.

— Naomi est rapidement venue pour lui donner un coup de main. Je pense qu'il a essayé d'oublier son chagrin avec elle. Il l'a épousée, a abandonné l'île, sa maison… Il lui a tout donné jusqu'à ce que son cœur soit vide. L'amour l'a littéralement tué.

— Il t'a blessé, toi aussi. Profondément…

Pas étonnant qu'il cherche du réconfort dans le sexe. Même s'il le niait, c'était exactement ce qu'il faisait. Il avait été arraché à sa maison parce qu'il avait voulu soutenir son père, alors même qu'il pleurait encore la mort de sa mère. Et puis il l'avait perdu lui aussi.

— Tu as vu ta mère souffrir pendant longtemps… Tu t'es occupé d'elle… C'est pour cette raison que tu sais ce dont Susan a besoin, pour cette raison également que tu en veux à Brian de ne pas prendre ses responsabilités. Tu as perdu ta mère, tu as perdu cet endroit, tu as perdu ton père…

Il lui adressa un semblant de sourire malicieux, mais la situation avait changé. Il ne cachait plus ses sentiments désormais. Il ne cachait plus sa vulnérabilité.

— Je suis heureuse que tu aies retrouvé cette île.

— C'est le seul endroit dont je ne me séparerai jamais. Je suppose que tu ressens la même chose pour White Oaks.

Pas tout à fait. Quand elle pensait à sa maison, aujourd'hui, elle ressentait surtout de la tristesse. Elle se rendait désormais compte à quel point elle étouffait, là-bas.

— C'est ce que je ressens pour Susan. White Oaks est un lieu magnifique, mais c'est aussi une prison, comme tu l'as dit.

Aujourd'hui, elle savait pourquoi Alessandro l'avait aidée. Il avait tout compris, bien mieux qu'elle. Sous ses airs de play-boy insouciant se cachait un homme blessé qui avait perdu ce qui comptait le plus pour lui.

— Bon, que vas-tu faire de ta cueillette ? reprit-il, visiblement pressé de changer de sujet. Il faut en faire quelque chose.

— Je ne sais pas encore, mais je suis prête à relever le défi.

Ils reprirent lentement le chemin de la maison principale.

— Je croyais que tu avais dit que tu louais parfois l'île, mais Vassily a sous-entendu que ce n'était pas le cas.

— Les premières années, je la louais pour gagner de l'argent et rembourser mon prêt. Ce n'est plus nécessaire aujourd'hui alors je ne t'ai pas vraiment menti.

— C'est juste que tu ne voulais pas m'avouer à quel point ce lieu était important pour toi.

Il s'arrêta pour la regarder durant de longues secondes avant de baisser les yeux vers le panier.

— Concentre-toi sur le contenu de ce panier plutôt que sur mon passé. C'est bien plus intéressant.

Il ne voulait pas lui répondre ? Tant pis. Elle lui adressa un sourire puis se dirigea vers la cuisine. Cuisiner avait toujours été une sorte de thérapie pour elle, un moyen d'oublier ses soucis.

Pendant plusieurs heures, elle s'amusa à chercher différentes associations d'herbes aromatiques pour le dîner. Malgré tout, elle n'arrivait pas à oublier la tristesse qu'elle avait ressentie quand Alessandro lui avait parlé de sa mère.

— Tu ne veux pas te reposer ?

Elle leva les yeux et le vit entrer dans la cuisine.

— Tu es enfermée ici depuis des heures.

— Tu veux goûter mes tartelettes ?

— Avec plaisir. J'ai juste peur de ne plus pouvoir m'arrêter une fois que je les aurais goûtées.

Sans attendre, il mordit dans une des tartelettes et ferma brièvement les yeux avant de hocher la tête.

— Elles sont fameuses. Tu as beaucoup de talent, *Dolcezza.*

— Je…

— Accepte mon compliment. Tu as essayé de me faire

croire que le secret résidait dans des arbres fruitiers centenaires, mais ce n'est pas le cas. Tu peux faire des miracles quel que soit l'endroit d'où viennent les ingrédients. Tes créations sont bonnes parce que ce sont les tiennes.

Il s'adossa contre le comptoir avant d'ajouter :

— Tu sais, je pourrais racheter Zetticci Foods…

Abasourdie, elle le dévisagea.

— Les affaires ne sont pas très florissantes en ce moment. Avec toi à la barre, on pourrait redresser la situation.

Sous le choc, elle eut un rire nerveux.

— Tu plaisantes, n'est-ce pas ?

— Il est peut-être temps pour Naomi de prendre sa retraite.

Tout à coup, il semblait avoir recouvré son enthousiasme.

— Tu pourrais avoir beaucoup de succès.

— Tu es fou !

— Tu viens de créer les plus délicieuses tartelettes que j'aie jamais mangées, simplement en ajoutant quelques feuilles du jardin dans la crème au citron. Je crois en toi et je pense que, toi aussi, tu devrais croire en toi.

Toujours sous le choc, elle ne parvenait pas à détourner le regard.

— Tu veux récupérer l'entreprise ?

— Ce n'est qu'une idée. Si tu ne veux pas reprendre Zetticci, tu pourrais créer une autre entreprise. Quel que soit ton choix, tu devrais exploiter ce don que tu possèdes, et je peux t'aider.

Il le pensait vraiment, elle le savait, et elle était touchée. Personne n'avait jamais cru en elle de cette façon. Mais elle devinait ce qui allait se passer. Dès que l'entreprise serait lancée, il se lasserait et la vendrait pour passer à autre chose. C'était ainsi qu'il vivait.

— Il faudrait des mois pour créer une entreprise. Or tu ne veux pas rester attaché à moi aussi longtemps. Sans compter que nous ne devrions pas compliquer notre relation plus qu'elle ne l'est déjà.

— Je sais séparer ma vie professionnelle de ma vie personnelle.

Évidemment puisqu'il n'avait pas de vie personnelle !

— Eh bien, moi, je ne peux pas compartimenter aussi bien que toi. J'apprécie ton soutien, mais je ne serai pas ton prochain projet professionnel. Tu en as fait assez pour moi.

Il la regarda encore un instant puis sembla se replier sur lui-même.

— Comme tu veux. En attendant, je pense qu'on devrait retourner à Londres. Il n'y a plus de raison s'attarder plus longtemps. Tu t'installeras chez moi la semaine et tu pourras passer tes week-ends avec Susan. Est-ce qu'un arrangement de ce genre pourrait te convenir ?

— Bien sûr. Tout ce que tu veux.

À ces mots, il lui adressa un regard coquin et ils éclatèrent de rire, fissurant ainsi la glace qui venait de se former entre eux.

Elle savait bien qu'il avait envie de l'embrasser. À vrai dire, une partie d'elle-même avait envie qu'il le fasse. Il serait facile d'avoir une aventure avec lui, mais encore plus facile de tomber amoureuse et ce serait la pire des choses qui pourrait lui arriver.

Il était beau, intelligent, drôle, loyal, gentil… mais émotionnellement renfermé. Il n'était pas le play-boy qu'elle imaginait au départ. En fait, c'était un homme blessé.

12.

Alessandro pianotait sur le volant de sa voiture, tentant de relâcher la tension qui s'accumulait en lui. En vain. Comme il l'avait dit à Vassily l'autre jour, il gardait pour lui ce qu'il avait le plus précieux, en particulier ses souvenirs. Mais il avait suffi que Katie le fixe de ses envoûtantes prunelles chocolat pour qu'il vide son sac et lui raconte la moitié de sa vie.

Alors qu'ils approchaient de White Oaks, de nouveaux souvenirs remontèrent à sa mémoire.

— Le village me paraît plus petit que dans ma jeunesse, dit-il pour tenter de détendre l'atmosphère.

— Je suis désolée de t'avoir fait revenir.

Il détestait entendre ses excuses, et surtout l'anxiété derrière ses mots, même s'il savait qu'elle s'inquiétait juste pour Susan.

— Tu ne m'as pas traîné ici.

— Ils t'ont chassé de White Oaks alors que tu avais déjà tout perdu, ils ont pris l'entreprise d'Aldo… Tu dois détester cet endroit et je t'ai obligé à l'acheter.

— J'aurais pu dire non, alors arrête de t'inquiéter pour moi. En plus, tout ça, c'était il y a longtemps, Katie. J'ai tourné la page.

Il lui attrapa la main pour la serrer dans la sienne.

— Je sais que tu as passé toute ta vie à craindre Brian, mais tu n'as rien à craindre de moi.

Au bout de quelques secondes, il la relâcha et se concentra

à nouveau sur sa conduite avant de tourner dans la longue allée menant à la propriété.

— Les jardins sont encore plus beaux que dans mes souvenirs.

— Susan est peut-être en fauteuil roulant, mais elle supervise toujours les plantations, répondit Katie. J'ai vraiment hâte de la voir.

Mais, quand il se gara devant la maison principale, elle ne bougea pas ni n'enleva sa ceinture de sécurité.

– Tu as peur de le voir ?

Pour toute réponse, elle se contenta de hocher la tête.

Il se pencha vers elle pour la regarder dans les yeux.

— Je suis un homme d'affaires brillant et, pourtant, tu n'as eu aucun mal à me remettre à ma place, alors tu y arriveras avec Brian. N'oublie pas qu'il ne peut plus rien contre toi.

Katie prit une profonde inspiration puis frappa à la porte. Alessandro avait raison. Elle pouvait affronter Brian.

Celui-ci ouvrit la porte et, sans attendre, les invita à entrer. À sa grande surprise, il souriait.

— Où est Susan ?

Impatiente, elle chercha derrière lui des signes de sa mère adoptive. En vain, elle n'en voyait aucun.

— Alessandro… Ça fait longtemps.

— Où est Susan ? répéta-t-elle.

— Elle sera là bientôt.

Le sourire de Brian était artificiel et il ne la regardait pas. Il cachait quelque chose, c'était évident, mais quoi ?

— J'ai pensé que nous devrions avoir une minute en tête à tête pour régler la situation, reprit-il.

— Il n'y a rien à régler. Nous ne sommes ici que pour voir Susan.

Il se tourna enfin vers elle pour la dévisager, et son sourire se fit tout à coup plus méprisant, plus arrogant.

— Je t'ai sous-estimée, Katie. Épouser Alessandro

était une excellente idée. Grâce à lui, nous allons pouvoir restaurer White Oaks de fond en comble. Tu n'auras plus besoin de t'enfermer dans la cuisine pour préparer tes stupides confitures. Tu as bien fait d'agir comme tu l'as fait car tout le monde est gagnant.

Il était si bête qu'il ne se rendait même pas compte à quel point il était cruel. Il n'imaginait pas à quel point son travail comptait pour elle.

À bout, elle ferma les yeux. Elle comprenait maintenant pourquoi il souriait et ne lui reprochait pas de l'avoir défié. Il pensait qu'elle avait conclu un contrat encore meilleur que celui qu'il avait négocié avec Carl et, maintenant, il jouait les gentils dans l'espoir de pouvoir la manipuler.

— Alessandro…, reprit Brian en se tournant vers son mari qui était toujours silencieux. Pourquoi ne pas…

— Où est Susan ? l'interrompit Katie, de plus en plus anxieuse. Elle sait que nous devons venir aujourd'hui, je lui ai annoncé notre visite hier soir.

Sans attendre sa réponse, elle se dirigea vers le couloir. Mais la maison lui semblant soudain étrangement silencieuse, elle se tourna pour dévisager Brian. Son visage arborait cet air méchant qu'elle connaissait si bien.

— Comme nous devions discuter, je lui ai dit que tu avais retardé l'heure de ton arrivée. Alors elle est sortie avec une des infirmières. Elles sont toutes très prévenantes et attentionnées. Susan est plus heureuse qu'elle ne l'a été depuis des années.

— Tu… Quoi ?

Elle n'en revenait pas.

— Tu lui as menti sur mon arrivée ?

Cette méchanceté pure était typique de Brian. Il savait combien elle était impatiente de revoir Susan.

— Comment as-tu pu lui faire ça ?

— Elle te verra bien assez tôt.

La douleur et la colère explosèrent soudain en elle. Impossible désormais de les contenir. Elle bouillait.

— La seule personne pour laquelle nous sommes ici,

c'est Susan. La seule chose dont je me soucie, c'est son bien-être.

— Apparemment, tu as atteint ton but en épousant Alessandro. Bien joué ! Je te félicite.

— Je ne sais pas pourquoi Susan reste mariée avec toi, mais c'est sa décision. Ma décision à moi, c'est que tu ne peux vivre ici que si tu t'occupes d'elle. Finis les pseudo-conférences et les voyages. Finis aussi le casino et les parties de poker. Un écart et c'est la porte.

Le regard menaçant, il s'approcha d'elle.

— Tu n'as aucun droit de me dire ce que je dois faire.

— Comme si tu n'avais pas passé ton temps à me dire, à moi, ce que je devais faire. Mais, aujourd'hui, White Oaks m'appartient.

— Espèce de petite…

— Espèce de quoi ? l'interrompit-elle, furieuse.

Hors de question qu'il l'insulte à nouveau. Elle ne se laisserait plus faire.

— Tu as passé ton temps à me menacer afin d'obtenir ce que tu voulais. Cette époque est désormais révolue. Tu ne peux plus m'intimider aujourd'hui.

— Parce qu'Alessandro t'accompagne ?

— Parce que je fais ce que je veux ! cria-t-elle. Je fais ce qui est le mieux pour moi et pour Susan.

Reprenant son souffle, elle riva son regard au sien.

— Elle ne reviendra pas avant des heures, n'est-ce pas ?

Comme il ne répondait pas, elle ajouta :

— Si tu recommences un coup de ce genre, tu quittes White Oaks.

Sans attendre sa réaction, elle sortit en trombe de la maison, s'éloignant de son enfance, de Brian et de ses menaces constantes.

— Katie…

Alessandro la rattrapa, mais elle ne se retourna pas. Hors de question qu'il voie ses larmes.

Toute sa vie, Brian lui avait donné l'impression qu'elle

ne valait rien et qu'elle ne vivait dans la maison que parce que Susan l'avait voulue.

— Tu as été incroyable, murmura Alessandro en la tirant vers lui.

— Ce n'est pas vrai, je me suis enfuie.

Il lui pressa la tête contre son torse et la berça doucement.

— Je suis désolé qu'il t'ait fait du mal.

Sans en avoir vraiment conscience, elle posa les mains sur sa taille, savourant sa chaleur et sa force à travers sa chemise. Elle ferma les yeux. Tout ce qu'elle voulait, c'était sentir que quelqu'un la désirait. Ses parents biologiques n'avaient pas voulu d'elle, Brian non plus. Et il l'avait empêchée de voir Susan aujourd'hui ! Susan qui l'aimait, mais qu'elle allait perdre trop tôt… Son cœur lui faisait tellement mal.

— Comment est-il encore capable de me faire du mal ?

— Il t'a élevée alors une partie de toi cherchera toujours son approbation.

Elle releva la tête pour le regarder dans les yeux. Comment pouvait-il être aussi perspicace ? Était-ce parce que, d'expérience, il comprenait ce qu'elle ressentait ?

— As-tu eu l'impression que ton père t'a laissé tomber quand il a épousé Naomi ?

Il demeura immobile un instant puis hocha la tête.

— Je voulais qu'il soit heureux, mais je ne comprenais pas comment il pouvait être heureux avec elle.

— Une autre femme aurait-elle été à la hauteur de ta mère ?

— Sans doute pas, mais il aurait pu faire mieux. Je crois qu'il voulait juste être aimé.

Le cœur de Katie se serra, et l'émotion lui noua la gorge.

— La plupart des gens veulent être aimés.

— Certains d'entre nous ne le veulent pas. Trop compliqué !

Elle savait qu'il plaisantait. Malgré tout, trop bouleversée, elle ne parvint pas à sourire.

— Katie…

Elle ne voulait plus parler, elle ne voulait plus penser.

— Arrête d'être gentil avec moi.

Il ne pourrait jamais lui donner ce qu'elle désirait vraiment, mais cela lui importait peu. En cet instant, elle voulait juste oublier sa douleur.

— Que devrais-je être, alors ? demanda-t-il avec une lueur taquine dans le regard. Méchant et méprisant comme Brian ? Cela n'arrivera jamais, je ne suis pas comme lui. Que veux-tu, Katie ? Dis-moi.

Elle ne savait pas. Les émotions se bousculaient en elle. La douleur, la colère, l'envie… Perdue, elle leva les yeux vers lui.

— Je veux du réconfort.

Lentement, il se pencha et posa ses lèvres sur les siennes. Le baiser commença doucement, mais il l'approfondit très vite et, comme par magie, son désir se réveilla.

Oubliant toute raison, toute douleur, elle s'accrocha à lui, déversant tout son désir dans ce baiser, et s'abandonna quand il l'allongea dans l'herbe avec une infinie tendresse.

C'était simplement un baiser, mais un baiser qui touchait son âme, qui satisfaisait un désir si intense que ni l'un ni l'autre ne pouvait s'arrêter.

Leurs bouches s'accrochèrent, leurs mains retirèrent leurs vêtements et, tout à coup, il fut là, en elle, là où elle était chaude et humide, là où elle rêvait de sentir sa force.

Les larmes lui montèrent peu à peu aux yeux, tandis qu'une multitude de feux d'artifice s'allumaient en elle. Elle n'était plus qu'une boule d'émotions, et toute raison l'avait désertée.

Plus tard, alors qu'ils retournaient vers la voiture, la vérité sauta aux yeux de Katie. Elle n'était toujours pas rassasiée et ne le serait sans doute jamais.

— Nous reviendrons bientôt et tu verras Susan, je te le promets.

Alessandro lui jeta un coup d'œil avant de reporter son

attention sur la route. Il avait du mal à ne pas accélérer pour s'éloigner de White Oaks le plus vite possible et l'emmener loin de tout ce qui venait de se passer.

Pas avec Brian, mais entre eux.

Il avait profité d'elle.

Il avala tant bien que mal sa salive. Les émotions se bousculaient en lui, le désir, la douleur, le déni et, surtout, la honte. La voir souffrir était si douloureux qu'il n'avait pu résister à la tentation.

Au départ, il s'agissait juste de lui offrir du réconfort. Mais la serrer contre lui lui avait fait perdre la tête. Il pensait se contenter d'un seul baiser, mais la passion l'avait vite rattrapé et sa raison s'était évanouie.

— Je suis désolé. Je n'aurais pas dû…

— Je le voulais aussi.

— Non, j'ai perdu le contrôle. De plus, je n'ai rien utilisé.

Il n'avait jamais perdu le contrôle ainsi, auparavant. C'était la première fois qu'il avait un rapport non protégé.

— Je prends la pilule.

Cette nouvelle le surprit tant qu'il faillit freiner.

— Depuis quand ? Je croyais que tu étais…

— Je la prends pour plusieurs raisons.

Il aurait dû être soulagé et, pourtant, il percevait un vide en lui. Ce n'était tout de même pas de la déception, alors pourquoi réagissait-il ainsi ? Que diable lui arrivait-il ? Il ne se reconnaissait plus.

Avait-il profité d'elle juste pour faire taire ses propres démons ?

Il avait détesté se sentir loin d'elle, ces derniers jours, et la distance qu'elle avait établie entre eux le rendait fou. Il s'attendait à ce que sa fascination pour elle s'estompe, qu'ils laissent libre cours à leur désir ou non. Il pensait que, s'il ne nourrissait plus celui-ci, il finirait par disparaître. Or ce n'était pas le cas. Au contraire, il ne cessait de grandir, telle une créature indépendante de sa volonté.

Ce corps à corps rapide sous les arbres avait été l'expérience la plus intime de toute sa vie. Jamais il ne s'était senti aussi proche de quelqu'un. Et, maintenant, il avait mal.

Il se gara au pied de son appartement londonien puis escorta Katie à l'intérieur.

— Alessandro…

À contrecœur, il se tourna vers elle qui se tenait au milieu de son salon. Son visage pâle était marqué par les larmes, sa robe était froissée et, pourtant, jamais elle n'avait été aussi belle.

S'il devait partir, c'était maintenant, pendant qu'il en était encore capable.

— Je t'emmène au lit, lui lança-t-elle avec cette audace tranquille qui le séduisait tant.

Il avala sa salive pour tenter de se reprendre. En vain. Son self-control était en train de l'abandonner.

— Je croyais que tu ne voulais pas compliquer les choses.

— Il est un peu tard pour ça, non ?

Le regard malicieux, elle s'approcha de lui.

— Tu n'as plus peur que je te fasse du mal ? demanda-t-il.

Elle haussa les épaules.

— J'ai envie d'un moment d'évasion.

— Est-ce vraiment tout, *Dolcezza* ? Cela a toujours été un moyen d'évasion pour moi, ajouta-t-il d'un ton dur. Je prends du plaisir quand je sais que ma partenaire en prend aussi. J'aime faire ça pour elle. Mais avec toi… C'est différent.

À sa grande surprise, tout était plus fort avec elle. Les émotions et les sensations étaient décuplées.

— J'ai envie de te goûter, de te faire trembler de plaisir, de t'entendre crier. Je ne veux rien d'autre que te faire perdre la tête pour que tu n'aies plus qu'une idée en tête : me supplier de recommencer. Voilà à quel point je te désire.

— Dans ce cas-là, pourquoi es-tu aussi loin de moi ?

Parce qu'il ne semblait pas pouvoir bouger. Parce qu'il n'arrivait pas à accepter la gravité de ce qui était en train de se passer.

Prenant le pouvoir, elle avança jusqu'à n'être plus qu'à quelques centimètres de lui.

— Que veux-tu ? Tu m'as demandé de dire ce que je voulais. Maintenant, c'est à toi. À toi de prononcer les mots.

À bout, il serra les poings. Il était en train de perdre la tête.

— Dis-moi ce que tu attends de moi.

Il la voulait, tout simplement. Pas pour oublier, ni s'évader ni soulager toutes ses douleurs… Il voulait juste la serrer contre lui. Malheureusement, il semblait avoir perdu ses mots.

— Je…

— Où veux-tu que je t'embrasse ?

N'importe où. Il avait juste besoin de ses caresses.

— *Accarezzami…*

Des sensations inouïes l'envahirent pendant que ses mains allumaient tous ses sens et qu'elle prenait possession de sa bouche douce et sucrée.

Pendant une seconde, il demeura immobile, essayant de se retenir, mais c'était trop tard. Un torrent se mit soudain à bouillonner en lui et, comme par magie, il oublia tout.

13.

Plus les jours passaient, plus Katie se sentait bien dans sa peau, bien dans ses nouveaux vêtements, bien entre les bras de son amant et, surtout, bien dans sa nouvelle vie. Une vie de liberté et de plaisir.

Chaque matin, Alessandro l'emmenait dans un marché différent. De retour à l'appartement, il s'enfermait dans son bureau pour travailler pendant qu'elle testait de nouvelles recettes. Le soir, ils fréquentaient les meilleurs restaurants de la ville. Ensuite, soit ils rentraient directement chez eux, soit ils rejoignaient Vassily, Nina et d'autres amis.

La tension sexuelle qui régnait entre eux était trop forte pour être ignorée. Avec Alessandro, Katie s'était libérée et pouvait enfin laisser sa sensualité, qu'elle avait si longtemps réprimée, s'épanouir en toute liberté.

— Vous devriez être encore en lune de miel en Italie…, dit Nina alors qu'ils passaient la soirée tous les quatre dans un bar à champagne.

Pour toute réponse, Katie écarquilla les yeux. Elle ne s'attendait pas à un tel commentaire.

— J'ai remarqué le regard torride que vient de te lancer Alessandro depuis le bar. Tu serais mieux sur l'île, seule avec lui. Attention, il arrive et il te regarde comme s'il allait te dévorer toute crue.

Discrètement, elle se retourna, et son regard s'accrocha instantanément au sien. Une décharge électrique la traversa et, magiquement, la chair de poule la gagna. Il dégageait un tel charisme que tous ses sens se mirent à pétiller et sa température grimpa en flèche.

— Au revoir, Nina, dit-il sans même accorder un regard à la jeune femme.

Mal à l'aise, Katie adressa un sourire désolé à la jeune femme avant d'entrelacer ses doigts à ceux d'Alessandro et de s'éloigner avec lui.

— Quelque chose ne va pas ? demanda-t-elle, une fois sur le trottoir.

— J'étais jaloux, répliqua-t-il d'un ton bourru.

— Je parlais à Nina !

— Nina apprécie la compagnie de gens beaux, hommes comme femmes.

Elle éclata de rire.

— Nous parlions juste création d'entreprise ! Nina a beaucoup d'expérience, et elle m'a donné de bons conseils.

— Moi aussi, je peux te donner de bons conseils, dit-il avec une pointe d'arrogance alors qu'il lui tenait la porte de l'appartement. Moi aussi, j'ai beaucoup d'expérience.

— En tant que femme d'affaires ?

Il riva son regard au sien et la fixa avec sérieux.

— Je n'aime pas quand les autres te regardent, ou quand tu t'intéresses aux autres. Tu es ma femme.

— Ce qui veut dire que tu es le seul à pouvoir me conseiller ? Le seul à avoir le droit de me faire rire ?

— Non. Par contre, je suis le seul à pouvoir faire ceci.

Sans un mot de plus, il l'attira à lui et l'embrassa avec une gourmandise inouïe, une volupté à couper le souffle. Il ne s'agissait pas d'un baiser de réconfort. Il s'agissait d'extase pure désormais, d'érotisme fou.

Sous le charme, elle ferma les yeux et se noya dans la sensualité, dans le plaisir, ignorant les questions qui se bousculaient en elle.

Ces dernières semaines, Katie s'était épanouie.

En cuisine, elle ne cessait d'inventer de nouvelles recettes avec un véritable talent.

Hors de la cuisine, c'était une femme douce capable de

s'enflammer instantanément. Il ne voulait surtout pas qu'elle change et, jusqu'à présent, c'était le cas. En fait, elle était juste devenue elle-même. Elle s'était libérée.

Pour être honnête, une partie de lui aimait la façon dont elle resplendissait désormais, mais une autre partie aurait préféré la garder pour lui tout seul. Hélas, cela n'aurait pas été juste. Elle avait été cachée presque toute sa vie, enfermée par un père adoptif déterminé à la contrôler. Il ne pouvait pas l'enfermer à son tour, la vie ne fonctionnait pas ainsi. Elle méritait de vivre, de s'amuser.

Le soir suivant, Katie reparla longuement à Nina tandis que, installé avec Vassily, il l'observait de loin. De temps en temps, elle se retournait et lui lançait un clin d'œil malicieux, attisant son désir, jouant avec ses nerfs jusqu'à lui faire perdre la tête.

Incapable de se retenir plus longtemps, il finit par la rejoindre et l'entraîna dehors. Dès qu'ils furent installés dans la limousine, il s'empara de sa bouche gourmande. Il ne pouvait pas résister, la tentation était bien trop forte.

Une fois dans son appartement, il ne réussit pas à aller jusqu'à la chambre, son désir, trop intense, avait annihilé toute sa raison. Il n'était plus qu'une boule d'émotions. Des idées osées plein la tête, son sang rugissant dans ses veines, il l'allongea sur le tapis et la posséda sans attendre. Son enthousiasme et son énergie le rendaient fou. Sa beauté l'ensorcelait.

Il augmenta peu à peu le tempo jusqu'à ce qu'elle touche les étoiles et se laisse retomber, rassasiée, comblée.

Une fois dans son lit, il ne parvint pas à fermer les yeux. Impossible d'oublier cette angoissante sensation de perte imminente qui tournoyait en lui. II avait beau tenter de la refouler, elle revenait sans cesse, tel un boomerang.

Il serra les poings. Hors de question de se laisser aller ainsi, ce n'était pas dans sa nature.

Peut-être avait-il simplement besoin de retrouver son

ancienne routine, il ne pouvait rompre avec son ancienne vie d'un simple claquement de doigts. Mais, puisque Katie semblait heureuse et que tout se passait bien entre eux en ce moment, rien ne l'empêchait de retrouver sa vie d'avant, non ?

— Il faut que j'aille au bureau, aujourd'hui. Cela fait longtemps que je n'y suis pas allé, dit Alessandro en pénétrant dans la cuisine, très séduisant dans son costume trois pièces bleu marine.

— Je comprends, répondit-elle en souriant pour tenter de masquer sa déception. Je promets de ne pas mettre le feu à ton appartement pendant ton absence.

— C'est gentil. À ce soir.

Alessandro parti, elle travailla dans la cuisine pendant un long moment puis elle appela Susan.

— Je teste des recettes à base de citron, aujourd'hui, expliqua-t-elle à sa mère adoptive. Je t'apporterai un pot de gelée de citron dans quelques jours.

— Quand tu viendras, tu pourras voir les roses Madame Hardy. Elles sont en fleurs.

— Les blanches ?

Emue, elle ferma les yeux. Cette conversation badine faisait battre son cœur un peu plus vite. Sa mère adoptive lui manquait plus qu'elle n'était prête à l'avouer.

— Je peux venir te voir aujourd'hui, si tu veux. Le train…

— Ce n'est pas nécessaire. Profite plutôt de ton mari.

À propos de mari, comment Susan pouvait-elle rester aux côtés d'un homme tel que Brian ? Cet homme était un escroc, un homme vil et méprisant. Personnellement, elle ne pardonnerait pas aussi facilement que Susan. Jamais elle ne se contenterait de… De peu. Jamais elle ne se contenterait de moins que ce qu'elle méritait.

À cette idée, l'image d'Alessandro pénétra son cerveau et le malaise la gagna. Avec lui, se contentait-elle de peu ?

Elle raccrocha puis traversa l'appartement. Alessandro

n'était parti que depuis quelques heures et, pourtant, il lui manquait déjà.

Sur la pointe des pieds, elle pénétra dans son bureau, impatiente de retrouver son odeur, sa présence.

La pièce n'était pas aussi bien rangée qu'elle l'imaginait. Différents dossiers étaient ouverts sur la table et son regard se posa sur une pochette portant son nom. Dessus, était scotché un petit papier sur lequel était écrit « faire signer Katie ».

Son cœur battit plus vite. Lorsqu'ils étaient en Italie, il lui avait dit que le contrat concernant White Oaks serait prêt à leur retour en Angleterre. S'agissait-il de ce contrat ? Hésitante, elle ouvrit le dossier et écarquilla les yeux. Il ne contenait pas uniquement les documents relatifs à White Oaks, il y en avait d'autres… Les concernant eux. Trois pages détaillaient les différentes options possibles pour obtenir l'annulation de leur mariage.

Elle baissa les yeux vers le bas de la page. Ce document avait été rédigé le lendemain de la cérémonie.

Le document suivant était un brouillon de demande de divorce. Son regard s'arrêta sur la somme qu'elle devrait recevoir au moment de la signature et, sous le choc, elle laissa échapper un petit cri.

La fin inévitable de leur mariage était ici, décrite noir sur blanc, avec une incroyable clarté.

Pourquoi avait-il voulu faire rédiger ces documents si tôt après leur mariage ? Et pourquoi avait-il prévu de lui accorder un dédommagement aussi important ?

Parce qu'il voulait être libre, tout simplement.

Il n'avait jamais eu l'intention d'accepter ce mariage de convenance. Il n'avait accepté de l'accompagner à Las Vegas qu'avec l'espoir de la faire changer d'avis, ce qu'il avait d'ailleurs admis. Puis ils avaient découvert que ses fiançailles avec Carl avaient été rendues publiques, elle avait paniqué et il l'avait épousée pour éviter qu'elle ne s'effondre.

Il avait cédé à toutes ses exigences.

Il lui avait même fait l'amour comme elle le lui avait demandé.

En fait, il avait eu pitié d'elle. Elle était sa Cendrillon, il l'avait habillée, l'avait emmenée à des fêtes, il avait même aidé à développer des idées pour sa propre entreprise, il avait cru en son talent… Il avait apaisé toutes ses inquiétudes parce que, sous sa façade de play-boy arrogant, il était en fait un type sympa. Mais il protégeait aussi ses propres intérêts. Pour le bien de sa réputation, il ne pouvait pas laisser ce mariage s'effondrer trop tôt alors, en attendant, il faisait en sorte qu'elle soit heureuse.

Leur relation intime était cependant basée sur un mensonge, sur une imposture. Depuis le départ, elle avait une date de péremption.

Les nerfs à vif, elle se mit à arpenter l'appartement pour tenter de se calmer. Elle pensait avoir échappé aux barreaux de prison de son ancienne vie, mais, en réalité, elle avait renoncé à tout contrôle sur son destin à la minute même où elle avait poussé la porte du bureau d'Alessandro. Elle s'était volontairement laissée enfermer dans une autre prison.

Elle devait à tout prix reprendre le contrôle sur son avenir.

Elle devrait se sentir libre aujourd'hui. White Oaks était sauvé, Susan était heureuse et entre de bonnes mains, Brian était maîtrisé. Elle avait tout ce qu'elle désirait, à moins que… Non, elle n'avait pas tout ce qu'elle désirait. Elle n'avait pas envie d'être avec un homme qu'elle avait forcé à l'épouser. Elle voulait être avec un homme qui la désire réellement, un homme qui l'aime de tout son cœur, et cet homme n'était pas Alessandro.

Elle le savait depuis le début mais, pendant un moment, elle l'avait oublié. Il était si séduisant, si doux avec elle, qu'elle s'était laissé envoûter. Elle avait perdu la tête.

Elle ferma les yeux et prit une profonde inspiration. La douleur lui nouait la gorge.

Pendant quelques jours, elle avait cru au mariage et à l'amour, mais rien n'indiquait qu'Alessandro tenait à elle plus qu'aux autres femmes qui avaient croisé sa route.

Il ne s'agissait pas d'amour pour lui, juste de plaisir physique, d'évasion, de libération. Même quand il lui avait expliqué que faire l'amour avec elle était différent, il n'avait jamais insinué que leur relation était autre chose que purement physique.

En fait, son instinct ne s'était pas trompé, après leur premier corps à corps. Il signifiait bien plus pour elle que pour lui.

Une immense lassitude l'envahit. Pourquoi ne suffisait-elle jamais à personne ? Elle n'avait pas été désirée par sa famille biologique, pas voulue par Brian, pas suffisamment désirée par Susan pour qu'elle se batte pour elle… Et Alessandro séduirait quelqu'un d'autre très bientôt.

Il n'avait aucune intention de faire durer leur relation. Il n'en avait jamais eu l'intention.

Elle avait tellement été privée d'attention pendant sa jeunesse, qu'elle avait été prête à accepter tout ce qu'il proposait de lui offrir, même s'il s'agissait de pas grand-chose. Mais elle méritait mieux.

Il fallait à tout prix qu'elle réagisse. Elle ne pouvait maintenir ce semblant de mariage. Elle ne pouvait pas rester les bras croisés à attendre qu'il se lasse d'elle et signe les papiers du divorce.

Finis les mensonges. Désormais, elle allait jouer la carte de l'honnêteté. Sa décision était prise.

Trois heures plus tard, la porte s'ouvrit, et elle se figea.

— Katie ?

Alessandro s'arrêta sur le pas de la porte et la dévisagea.

— Pourquoi ce regard effrayé ? Tu vas bien ?

Non, elle n'allait pas bien.

Il ferma le battant derrière lui et baissa les yeux vers le sac de voyage posé à ses pieds.

— Tu vas quelque part ?

— Je dois partir.

— C'est Susan ? Tu veux que je te conduise chez elle ?

— Non, ce n'est pas Susan. Je ne pourrais jamais assez te remercier pour l'aide que tu lui as apportée, mais tu avais raison, je n'avais pas vraiment besoin de ton aide. Il me suffisait de dire non et, aujourd'hui, je dis non.

— Si je comprends bien, tu es en train de me dire non, de dire non à notre relation. Tu viens de décider que tout était fini entre nous.

Elle serra les poings et rassembla son courage.

— Tu as demandé à ton avocat de vérifier la validité de notre mariage.

Comme s'il comprenait enfin, il hocha la tête.

— Tu as vu le dossier.

— Tu as étudié toutes les options !

— Évidemment. Je pensais que tu voudrais voir ces éléments. Je ne t'ai jamais rien caché, *Dolcezza*.

— Non ? Tu n'as pas pensé que j'aimerais connaître le montant que tu es prêt à payer pour te débarrasser de moi ?

— Me débarrasser de toi ?

Il la regarda droit dans les yeux avec autant d'intensité que s'il cherchait à atteindre son âme.

— Pour tout le monde, nous sommes mariés.

— Ce n'était qu'un rôle que nous avons joué. Notre mariage n'a jamais été réel.

— Non ? Ne vivons-nous pas comme un couple marié ? Ne sommes-nous pas intimes ? Ne partageons-nous pas tout ?

— Qu'est-ce qu'on partage ? Ou plutôt devrais-je te demander ce que, toi, tu donnes. Eh bien, tu n'es plus obligé de donner quoi que ce soit.

— Je ne me suis jamais senti obligé de faire quoi que ce soit. J'ai désiré tout ce que j'ai fait avec toi.

Peut-être. Malheureusement, il ne voulait pas lui donner ce qu'elle désirait vraiment.

— C'était une erreur depuis le début.

Voir ce dossier avait été le catalyseur qui l'avait ramenée à la raison. Elle s'était servie de lui pendant trop longtemps et, en agissant ainsi, elle avait mis son cœur en danger. Il était temps pour elle de réagir.

Incapable de cacher sa douleur, elle s'éloigna.

— J'aurais dû épouser Carl.

Sitôt qu'elle prononça ces mots, les mains fermes d'Alessandro se posèrent sur ses épaules, l'obligeant à se retourner.

— Tu aurais été très malheureuse avec lui.

— Je suis malheureuse aujourd'hui.

Tout en prononçant ces mots, elle le vit pâlir.

— Tu regrettes tant que ça d'être avec moi ? demanda-t-il, visiblement incrédule.

Non. Elle ne le regrettait pas une seconde. Comment aurait-elle pu ? Elle venait de vivre la période la plus intense, la plus excitante, la plus étonnante de toute sa vie. Le problème était qu'il ne s'agissait que d'un rêve. Tôt ou tard, il finirait par se lasser et entamerait la procédure de divorce. Puis il partirait, et elle se retrouverait seule.

— C'est seulement parce que nous avons couché ensemble que les choses se sont compliquées.

— Bien sûr que non.

C'était parce qu'elle était tombée amoureuse de lui que leur relation s'était compliquée.

— Tu ne veux pas rester ?

Il ne comprenait donc pas ? Elle aurait donné n'importe quoi pour rester, mais à quoi bon ?

— Pourquoi rester ? Tu vas finir par te lasser de moi.

— Katie…

— Pourquoi devrais-je suivre ton emploi du temps ? Pourquoi notre relation devrait-elle se terminer quand, toi, tu le décideras ?

Sans la quitter des yeux, il lui effleura la joue d'un doigt, et elle serra les poings pour ne pas craquer, pour ne pas faiblir.

— Tu en as vraiment assez ?

— C'est fini. Je suis désolée si cela te dérange, mais… Je ne peux pas continuer ainsi.

— Qu'y a-t-il de si terrible ? Tu détestes sortir avec moi ? Tu détestes la façon dont je te fais jouir ? Nous vivons en couple marié. Nous sortons tous les soirs, nous montrons notre relation au monde entier…

Mortifiée, elle recula. C'était pour cette raison qu'il l'emmenait dans des bars et des restaurants ? Pour parader devant ses amis ?

Elle repensa soudain aux mots qu'il avait prononcés quelques semaines plus tôt : qu'elle allait devoir faire semblant.

— Je ne veux plus faire semblant. Tu n'as jamais voulu être mon mari, tu ne m'aimes pas et, malheureusement, je suis tombée amoureuse de toi.

Blême, il la regarda fixement. Il ne bougeait plus. Il semblait sous le choc.

— C'est juste un béguin…

— Un béguin ? Tu me prends pour qui ? Tu crois que je suis naïve car je n'ai jamais eu de petit ami avant toi ? Que suis-je pour toi ? Juste une fille de plus sur ton tableau de chasse ? Dis la vérité.

— Nous… Nous avons une liaison.

Ses poings étaient tellement serrés que ses ongles griffaient ses paumes.

— Tu n'as jamais voulu m'épouser. Tu as juste eu pitié de moi, cette nuit-là… Tu as envie d'être libre ? Eh bien, tu peux l'être.

— J'ai fait tout ce que tu m'as demandé.

— Je n'aurais jamais dû te demander quoi que ce soit. J'ignorais ce que tu avais traversé.

— Qu'es-tu en train d'insinuer ?

Son regard était noir et son visage fermé, mais il ne lui faisait pas peur.

— Tu ne veux pas aimer parce que tu ne veux pas souffrir, et je comprends pourquoi. Ta mère est morte, tu as vu le cœur de ton père se briser sous tes yeux. L'amour a toujours été synonyme de perte pour toi.

— Ce n'est pas de l'amour que tu ressens.

— Ne nie pas mes sentiments, s'il te plaît.

— Tu as succombé à mon charme, c'est tout. D'ailleurs,

n'as-tu pas dit que je n'avais même pas besoin d'ouvrir la bouche pour séduire une femme ?

Son rejet lui faisait mal parce que c'était non seulement un déni d'elle, mais, surtout, de sa valeur, de son intelligence.

— Non, ce n'est pas ça. Ce n'est pas non plus ton argent ou ton pouvoir qui me plaisent. C'est toi. C'est ton éthique de travail, mais aussi ta compassion, ta confiance en moi. Tu as fait tout ce que j'ai demandé parce que tu es loyal et protecteur. Oui, tu es impossible, mais tu me fais rire, tu me pousses toujours plus haut… Avec toi, ma vie est devenue plus intéressante. J'adore ce que je ressens quand je suis avec toi.

— Dans ce cas-là, pourquoi ne pas rester ?

— Parce que tu mérites mieux, toi aussi. Tu mérites non seulement d'être aimé, mais également de ressentir ce genre d'amour pour quelqu'un d'autre.

Elle cligna des yeux pour refouler ses larmes avant de reprendre :

— Tu ne t'engages dans rien, ni dans tes relations ni dans tes entreprises. Ce que tu aimes, c'est le jeu, la chasse. Une fois que tu as obtenu ce que tu désires, tu passes à autre chose. Tu ne t'investis jamais émotionnellement, sauf dans ton île.

Son visage était pâle, mais ses prunelles brillaient d'un éclat sombre.

— Tu as fini de me critiquer ?

La colère de Katie augmenta d'un cran.

— Tu en as déjà assez ? Tu veux déjà passer à autre chose ?

— Katie…

— Tu es terrifié à l'idée que quelqu'un t'aime vraiment, mais ne t'inquiète pas, je survivrai à mon cœur brisé, même si j'ai mal. La vérité, c'est que c'est toi qui ne veux pas souffrir.

— Tu dis n'importe quoi, tu es fatiguée.

Elle passa une main sur son visage. Elle n'en revenait

pas. Il n'avait pas entendu un seul des mots qu'elle avait prononcés.

— Laisse-moi partir.

Elle le vit serrer les dents, mais il demeura silencieux.

— Tu vois, tu n'es même pas capable de me donner une seule bonne raison de rester. Tu n'as jamais voulu m'épouser. Pas de mariage. Pas d'enfants. Pas d'amour. Pas de drame. Voilà ta vie…

Il ne répondit pas. Il n'allait pas prononcer les mots qu'elle mourait d'envie d'entendre. Evidemment qu'il ne les prononcerait pas ! Il ne voulait pas d'elle. Personne n'avait jamais voulu d'elle. Même Susan n'avait plus besoin d'elle, aujourd'hui.

Elle réprima les sanglots qui lui montaient à la gorge. Jamais elle ne s'était sentie aussi seule.

— Que vas-tu faire ?

— J'ai besoin de sortir, de vivre, de découvrir tout ce que j'ai raté depuis si longtemps.

— Personne ne peut te donner ce que je peux te donner.

— Et, toi, tu ne peux pas m'offrir ce que je désire vraiment.

Comme s'il sentait le danger, il riva son regard au sien.

— Tu veux rencontrer quelqu'un d'autre ?

— Un jour, oui.

Un jour, elle rencontrerait un homme qui tomberait amoureux d'elle.

— Tu ne peux pas tant que nous sommes encore mariés.

— Ne t'inquiète pas, il va me falloir du temps pour t'oublier.

Elle cligna des yeux pour refouler ses larmes. Pour le moment, l'idée de trouver quelqu'un d'autre lui donnait la nausée.

— Je refuse d'accepter moins que ce que je mérite. Et je refuse de continuer à t'utiliser.

— Tu ne m'utilises pas, je t'aide.

— Non, je me sers de toi, Alessandro. Tu es gentil, mais tu es aussi lâche. La vie fait mal, l'amour fait mal.

Ton existence entière est aussi fausse que notre mariage. Tu as beaucoup à offrir, mais tu t'en empêches. C'est un vrai gâchis.

— Nous avions un accord…

— Sois honnête pour une fois ! s'écria-t-elle. Tu ne m'aimes pas. Tu ne veux pas être marié. Tu ne l'as jamais voulu, alors laisse-moi partir.

14.

Alessandro ne comprit pas tout de suite que le bruit de sonnerie venait de sa poche et non de sa tête. Soupirant, il sortit son téléphone et jeta un coup d'œil à l'écran.

— Vraiment ? s'emporta Katie. Tu vas vraiment répondre maintenant ?

— C'est peut-être important.

— Et notre conversation ne l'est pas ?

— J'en ai pour une minute.

Sans attendre, il se dirigea vers son bureau et claqua la porte derrière lui. Dans le combiné, il entendait Dominique lui poser une question au sujet d'une affaire importante, mais celle-ci lui semblait soudain lointaine et anodine. Impossible de répondre. Katie avait déclenché un tel un torrent d'émotions en lui qu'il n'arrivait même plus à réfléchir.

— Je vous rappelle plus tard.

Il mit brusquement fin à l'appel et tenta de reprendre son souffle. Pourquoi Katie était-elle aussi déterminée à détruire leur relation ? Pourquoi remuer des choses qui n'avaient pas besoin d'être… ?

Il ouvrit la porte de son bureau et s'arrêta sur le seuil, son sang se glaçant dans ses veines.

Elle était partie. Avec son sac.

Il vérifia rapidement les autres pièces de l'appartement, mais il ne se faisait pas d'illusion, elle s'était bel et bien enfuie.

Dans la cuisine, il tomba sur un mot qu'elle lui avait laissé.

Merci pour tout.

Quand l'avait-elle écrit ? Il ne s'était absenté que quelques minutes, elle n'avait pas pu avoir le temps d'écrire ce message. L'avait-elle fait plus tôt ? Avait-elle prévu de partir sans même lui dire au revoir ?

La rage éclatant en lui, il donna un coup de poing sur le plan de travail. Comment avait-elle osé ? Il avait fait tout ce qu'elle lui avait demandé, et plus encore !

À bout, il sortit son téléphone de la poche et l'appela, mais elle ne répondit pas. Bien sûr.

Elle avait décidé de reprendre sa vie en main. Elle s'était battue pour obtenir cette indépendance et cette liberté dont elle ne disposait pas à White Oaks, tant mieux pour elle, mais n'avait-elle pas compris qu'il n'était pas son ennemi ?

« Je ne peux pas rester ici avec toi », lui avait-elle lancé.

C'était tellement injuste. Ils s'entendaient bien, leur relation était parfaite…

Ses mots lui revinrent à la mémoire.

Elle lui avait avoué qu'elle l'aimait.

Non, elle ne l'aimait pas. Impossible… Elle ne ressentait que de la gratitude à son égard. Il l'avait aidée et elle était reconnaissante parce qu'elle n'était pas habituée à être l'objet d'autant de gentillesse. Quant à son désir pour lui, il était purement hormonal. Ce n'était pas de l'amour. Elle était trop inexpérimentée pour faire la différence, elle était encore naïve.

Lui n'était pas naïf et, pourtant, il était perdu.

À bout, il se laissa tomber dans un fauteuil et passa une main lasse sur son visage.

Peut-être voyait-elle juste quand elle disait qu'il ne s'était jamais investi émotionnellement, mais il avait une bonne raison. Il n'avait jamais voulu tenir à quelqu'un au point de risquer d'avoir le cœur brisé si cette personne partait.

La mort de ses parents et la perte de sa maison l'avaient détruit. Il s'était peu à peu reconstruit tout seul et, aujourd'hui, il avait tout ce dont il pouvait rêver.

Il était parfaitement heureux jusqu'à ce qu'elle arrive.

Ils avaient ensuite passé de très bons moments ensemble, alors pourquoi avait-elle tout gâché ?

Incapable de se reposer tant les questions se bousculaient dans sa tête, il se mit à travailler jour et nuit. Il serait bien allé en Italie pour se ressourcer dans son île. Malheureusement, la maison était maintenant imprégnée de la présence de Katie, et il ne pouvait supporter l'idée de ressentir ce manque là-bas.

Alors il rôdait dans son appartement telle une bête blessée. Katie était constamment dans ses pensées, dans ses rêves, dans son cœur endolori… En dépit de tous les défis qu'il devait relever dans son travail, malgré toutes les richesses qu'il avait accumulées, rien ne le comblait vraiment. Son luxueux mode de vie n'avait fait que remplir un vide.

Puis Katie était entrée dans sa vie, et il n'avait rien pu lui refuser. Elle l'avait apaisé, mais il était resté prudent. Il avait bien pris soin de ne pas lui donner ce dont elle avait vraiment besoin.

« Tu ne veux pas souffrir », avait-elle dit.

Sur le coup, il s'était moqué de ses paroles, mais elle avait raison. Il n'était qu'un lâche.

Elle ne lui avait pas demandé grand-chose, seulement de connaître ses sentiments, et il était resté silencieux. Il l'avait trahie de la même façon que son père adoptif l'avait trahie en ne lui disant jamais qu'elle était aimée, désirée et en sécurité.

Elle voulait une famille et elle devait l'avoir. Elle méritait de trouver un mari qui l'adore, qui lui donne des enfants et toute la chaleur et les rires qui lui avaient manqué pendant son enfance.

Il pensait que tout cela ne l'intéressait pas. Il avait toujours pensé rester libre toute sa vie mais, en fait, il n'était pas libre. Il était vide.

Pour une fois, il s'autorisa à plonger dans ses souvenirs. Il avait eu de la chance de grandir entouré d'amour. Katie n'avait rien eu de tout cela, pourtant, c'était la personne la plus aimante, généreuse et loyale qu'il ait jamais rencontrée. Elle était donc partie quand elle avait compris qu'elle n'avait pas d'autres choix.

Quand elle lui avait dit qu'elle l'aimait, il avait eu peur, c'est tout, et il l'avait déçue.

Mais cela ne voulait pas dire qu'il allait renoncer. Non, certainement pas.

Déterminé, il se redressa. Il allait la trouver et il allait se battre pour elle. Il allait lui avouer qu'elle avait capturé son cœur.

15.

Katie se faufilait à travers la foule des touristes, pressée de rejoindre son auberge. Le café où elle travaillait depuis quelques jours était comble, et elle était fatiguée. Avec un peu de chance, elle pourrait dormir cette nuit car, si ses longues journées de travail étaient bien occupées, elles ne l'empêchaient pas de penser tout le temps à Alessandro.

— Je t'ai enfin trouvée.

Sous le choc, elle s'arrêta au milieu du chemin. Alessandro venait de surgir de nulle part.

— Désolé, ajouta-t-il. Je ne voulais pas te faire peur.

Incapable de réagir, elle se contenta de le fixer, bouche bée.

— Que fais-tu ici ? dit-elle enfin.

La colère monta en elle. Elle n'avait pas oublié que, lorsqu'elle lui avait dit ce qu'elle ressentait, il l'avait rejetée comme s'il s'agissait d'un simple coup de cœur d'adolescente. Elle se força néanmoins à se maîtriser.

— Tu as dit toutes ces choses et tu ne m'as pas donné l'occasion de… J'ai pensé que je pourrais… Mais je ne peux pas…

Il s'interrompit et tourna la tête en direction de l'auberge.

— C'est là que tu loges ?

Elle répondit d'un simple mouvement de tête.

— Tu vis la vie que tu n'as pas vécue jusqu'à présent.

— Je vis ma vie, tout simplement. J'ai un emploi que j'ai trouvé toute seule et je dépense l'argent que je gagne toute seule.

Il la fixa pendant quelques secondes puis esquissa un sourire timide.

— Je suis installé à l'hôtel de l'autre côté de la rue. Accepterais-tu de m'accompagner pour discuter ?

— Tu as quelque chose à me dire ?

— Il se trouve que oui. Je le ferai ici s'il le faut, mais je préférerais un peu d'intimité.

— Je ne pense pas que ce soit une bonne idée.

— Et moi qui croyais que tu étais une femme courageuse.

Il la défiait ? Elle aimait aussi le défier, tout comme lui visiblement.

Elle le dévisagea et, peu à peu, vit son expression se modifier, devenir plus sombre, plus sérieuse.

— Donne-moi une chance, *Dolcezza*, s'il te plaît.

Voilà des mots auxquels elle ne pouvait pas résister, même si elle n'avait jamais eu aussi peur de toute sa vie. Même les pires menaces de Brian ne l'avaient pas rendue aussi vulnérable.

Sans réfléchir, elle traversa la rue avec lui. Son pouls battait à toute allure, et elle tremblait.

Il l'invita à entrer dans sa chambre. Timidement, elle la traversa pour se diriger vers la fenêtre puis baissa les yeux vers les rues animées d'Édimbourg tandis que sa panique montait et que son malaise s'intensifiait.

À quoi bon cette rencontre ? Pourquoi revenir sur ce qui avait été dit, et pas dit ? Et pourquoi le voir aujourd'hui lui faisait-il encore plus mal que lorsqu'elle était partie ?

— Katie ?

Ignorant comme réagir, elle demeura silencieuse.

— Katie, je suis désolé…

— Je ne veux pas de ta pitié.

— En fait, c'est sur mon sort que je m'apitoie.

Il s'était rapproché car elle pouvait le sentir juste derrière elle. Elle ne se retourna pas cependant. Elle ne voulait pas le voir, elle ne voulait pas l'écouter non plus. À quoi bon ?

— J'ai eu l'occasion de réfléchir, continua-t-il, et je crois que j'aime être marié.

À ces mots, la colère se réveilla en elle.

— Va trouver quelqu'un que tu veux épouser, alors !

— Je l'ai déjà fait, murmura-t-il avant de poser ses mains sur ses épaules. *Dolcezza*…

Elle ne pouvait pas reculer, elle ne pouvait pas s'échapper. Elle se contenta de fermer les yeux.

Il l'obligea à se retourner, mais elle n'eut pas le courage de le regarder.

— Je t'ai blessée avec mon silence, l'autre jour, et j'en suis désolé. C'est juste que… J'étais tellement abasourdi… J'avais besoin de temps.

Elle rouvrit enfin les paupières. Toute envie de le défier venait de s'évanouir, elle n'avait plus aucune force. Sa gorge serrée l'empêchant de parler, elle se contenta de le dévisager. Il avait l'air plus sérieux qu'elle ne l'avait jamais vu.

— Tu as attendu toute ta vie que quelqu'un t'aime comme tu mérites d'être aimée. Je suis désolé de t'avoir fait attendre aussi longtemps.

Ses yeux se remplirent de larmes. Elle rêvait de glisser les bras autour de son cou et de se lover contre sa chaleur, de lui pardonner, d'accepter tout ce qu'il lui demanderait et ne jamais le quitter, quoi qu'il se passe. Elle voulait surtout espérer. Malheureusement, elle ne pouvait pas. Elle devait rester réaliste, sinon, elle souffrirait encore plus.

— S'il te plaît, non…

Il prit son visage entre ses mains en coupe avec une telle tendresse qu'elle n'eut d'autre choix que de relever les yeux.

— *Dolcezza*, ne pleure pas, s'il te plaît.

— Tu n'aurais pas dû venir ici. Ce n'est pas juste.

— La vie n'est pas toujours juste. Parfois on gagne, parfois on perd. Parfois on s'enfuit, parfois on revient. Et, parfois, on fait des erreurs parce qu'on a peur de perdre. Je ne pouvais pas être honnête avec toi avant parce que je n'étais pas honnête avec moi-même. Je n'étais pas capable d'admettre à quel point tu comptais pour moi.

Elle secoua la tête, incapable d'en entendre plus. Elle ne voulait plus souffrir.

— Tu ne veux pas tenir à moi.

— Je ne voulais tenir à personne.

Il s'approcha jusqu'à ce que ses yeux ne soient plus qu'à quelques centimètres des siens et que son souffle réchauffe son visage.

— Je pensais avoir tout compris, mais c'est toi qui avais raison. J'avais juste peur. Derrière mon assurance, j'étais vide, peut-être parce que je n'avais jamais vraiment surmonté la douleur de la perte de mes parents. J'ai pensé que notre aventure pouvait être comme toutes mes aventures…

— C'était bel et bien une aventure. Notre mariage n'a jamais été réel.

— En fait, il l'était, et il l'est toujours. Nos sentiments sont réels, Katie. Les miens le sont.

Ses yeux se remplirent à nouveau de larmes.

— Ne fais pas ça…

— Tu disais que je cherchais du réconfort autrefois ? Je pense que j'étais simplement égoïste. J'évitais de me rapprocher de qui que ce soit, prenant juste ce que je voulais et donnant peu en retour. En fait, je me conduisais comme un salaud.

Elle sursauta en l'entendant s'accuser ainsi. Il allait peut-être un peu loin.

— Non. Tu étais juste… Tu te contentais de vivre. Et puis tu m'as aidée, tu as fait tout ce que je t'ai demandé.

Le problème, c'était qu'elle lui en avait trop demandé.

— Seulement les choses faciles, l'argent, le sexe… Mais pas les vrais sentiments. En fait, j'ignorais de quoi il s'agissait avant que tu me l'expliques.

— Je ne veux plus que tu te sentes obligé de prendre soin de moi. Je ne veux pas que tu me sauves.

— Qui sauve qui, entre nous ?

Un magnifique sourire triste traversa son beau visage.

— Le jour où tu es partie, tu m'as demandé d'être honnête, et, à l'époque, je ne pouvais pas l'être. Aujourd'hui, je dois l'être. Tu avais raison, je me suis conduit comme un lâche. Je t'ai blessée de la pire des façons en gardant le silence.

Tu es douée pour le genre d'amour qui me terrifie, pour cet amour immense, inconditionnel… Le genre d'amour que mes parents partageaient, celui dont j'ai toujours eu secrètement envie sans jamais oser me l'avouer. Le genre d'amour que j'éprouve pour toi.

Un bruit précipité dans ses oreilles étouffa les derniers mots. Qu'avait-il dit ? Elle n'était pas sûre. Sa tête tournait, tout à coup.

— Je t'aime, Katie, et ce n'est pas un jeu.

Incrédule, elle frissonna de la tête aux pieds.

— Qu'est-ce que tu as dit ?

Il l'attrapa par la taille et l'attira à lui.

— Je sais qu'il va te falloir du temps pour me croire, mais ce n'est pas grave. Je ne vais nulle part parce que je ne peux pas vivre sans toi. Je n'arrive pas à croire que je t'ai laissée partir… Ces quelques jours sans toi ont été un véritable cauchemar.

Il la serra encore plus fort contre lui.

— Tu ne me quitteras plus jamais et je ne te quitterai plus jamais.

Puis, soudain, il recula, et la panique la saisit.

Inquiète, elle le regarda glisser une main dans sa poche et en sortir une petite boîte. Il semblait essoufflé, tout à coup.

— Sur le chemin pour venir jusqu'ici, j'ai pensé que nous pourrions peut-être organiser une autre cérémonie de mariage… Une cérémonie à laquelle nous aurions réfléchi un peu plus. On pourrait inviter Susan et nos amis, tu pourrais porter la robe de tes rêves…

Sous le choc, elle ouvrit la bouche, mais resta muette.

— Je t'aime et je te veux toujours à mes côtés. Veux-tu m'épouser à nouveau ? demanda-t-il en soulevant le couvercle.

— Tu n'as pas besoin de…

Puis elle vit la bague et porta une main à sa bouche.

— Tu m'as déjà trop donné.

— Tu m'as donné bien plus. Tu es tout pour moi, Katie, et je veux célébrer notre amour. Je veux que le monde entier sache que…

— Alessandro…

Émue, elle s'interrompit, et il glissa la bague sur son doigt.

— Elle te va parfaitement.

Le diamant brillait si fort qu'il l'éblouissait.

— Tu n'avais pas à…

— J'en avais envie.

Il garda sa main dans la sienne et lui sourit. Un sourire moins malicieux que d'habitude. Infiniment plus sérieux.

— J'aime te voir parée de mes cadeaux, ça me donne un sentiment de sécurité. Et si ça éloigne les autres hommes en même temps, tant mieux.

Elle ne put s'empêcher de laisser échapper un petit rire puis secoua la tête pour essayer d'empêcher ses larmes de couler.

— Quels autres hommes ?

— Tu n'as aucune idée à quel point tu es plus que magnifique. Personne d'autre ne possède ta vitalité, ton charme, ta générosité… Je sais que tu ne me crois pas encore, parce qu'on ne te l'a jamais dit auparavant, mais je vais te le dire et te le montrer tous les jours. Je t'aime, Katie, et je ne te quitterai jamais.

Il savait exactement ce qu'elle avait besoin d'entendre parce qu'il la comprenait instinctivement. Le fait qu'il soit venu la chercher était la seule preuve dont elle avait besoin.

— Reste toujours avec moi. Aime-moi toujours.

Sa vulnérabilité la touchait. Comme elle, il avait été blessé dans le passé. Comme elle, il s'était senti seul.

— Je suis entièrement à toi, Alessandro. Je serai toujours à toi.

— Tu m'as tellement manqué, *Dolcezza*, murmura-t-il avant de poser ses lèvres sur les siennes.

Peu à peu, il approfondit le baiser puis entreprit la plus tendre redécouverte de son corps, murmurant combien elle lui avait manqué, combien il l'aimait. Et, quand il la posséda, des larmes de joie jaillirent de ses yeux.

Il leur fallut à tous les deux de longues secondes avant de recouvrer l'usage de la parole.

— Tu sens bon.

— J'ai passé l'après-midi à faire des brioches à la cannelle !

Il enfouit le visage dans le creux de son cou et la dévora de baisers gourmands avant de reprendre :

— Rentre à la maison et prépare-moi quelque chose.

— Si tu veux. Tu sais, j'aimerais repartir de zéro, mais pas à White Oaks, pas avec Zetticci. Veux-tu m'aider ?

— Bien sûr. Nous pourrions construire beaucoup de choses ensemble. Une entreprise, une maison, une famille…

À ces mots, elle fondit complètement. Ils formaient une équipe, aujourd'hui.

— *Ti amo*, chuchota-t-elle timidement.

— *Dolcezza*… Si je t'ai, toi, j'ai tout ce qu'il me faut.

Ensemble, ils guériraient les cicatrices anciennes. Ensemble, ils créeraient de nouvelles joies.

Ensemble, ils s'aimeraient pour toujours.

Le fiancé d'une reine, de Rachael Thomas - N°4227

MARIAGE ARRANGÉ

Si Kaliana n'a pas trouvé un époux d'ici quatre mois, elle sera mariée de force par son père ! En tant qu'héritière du royaume d'Ardu Safra, elle a des devoirs, bien sûr, mais comment ne pas trembler devant l'injonction du roi ? Éprise de liberté, elle veut pouvoir s'unir à un homme qu'elle aura choisi. Et c'est sur Rafe Casella, un milliardaire sicilien, qu'elle jette bientôt son dévolu. Certes, il ne peut s'agir d'amour entre eux, malgré leur attirance indéniable et la nuit passionnée qu'ils ont passée ensemble. Mais au moins, leur engagement sera clair et net – et leur mariage, de pure convenance…

Tentation argentine, de Louise Fuller - N°4228

Cela fait deux ans que Mimi tente d'oublier le baiser brûlant qu'elle a échangé avec Bautista Caine, le frère de sa meilleure amie. En vain. Bien qu'il l'ait brutalement rejetée après leur fougueuse étreinte, cet homme occupe toutes ses pensées, jour et nuit ! Alors, aujourd'hui qu'elle doit le revoir à l'occasion d'un mariage en Argentine, Mimi redoute ses propres réactions. Saura-t-elle rester de marbre face à Bautista, sans trahir le désir qu'il lui inspire encore, bien malgré elle ?

Une dernière étreinte ?,
de Melanie Milburne - N°4229

Un week-end en Grèce. Alors que beaucoup en profiteraient pour se prélasser au soleil, Juliette n'a qu'un objectif : présenter sa demande de divorce à Joe Allegranza. Après quinze mois de séparation, il est temps pour elle de mettre fin à la mascarade de leur mariage. Certes, sa rencontre avec Joe a été passionnée. Mais jamais ils n'auraient dû convoler, alors que tous deux ne partageaient rien d'autre qu'une exceptionnelle entente charnelle. Sitôt qu'elle le revoit, hélas, ses résolutions vacillent. Son époux lui fait toujours autant d'effet, au point que Juliette a soudain très envie de s'offrir une dernière étreinte entre ses bras puissants…

Un diamant pour son assistante,
de Clare Connelly - N°4230

Tout réussit à Thanos Stathakis – ou *presque*. Cela fait des années qu'il cherche à racheter la société autrefois perdue par sa famille, or un obstacle se dresse encore devant lui. L'actuel propriétaire refuse de lui céder ce joyau tant convoité, pour l'unique raison qu'il traîne une réputation scandaleuse d'homme à femmes. Qu'à cela ne tienne, Thanos va se marier. Et il a déjà une idée de celle qui pourra redorer son image. Alice, son innocente assistante si troublée en sa présence, jouera à la perfection le rôle de son épouse… s'il parvient à lui passer la bague au doigt !

L'héritier d'un milliardaire grec, de Lynne Graham - N°4231

SÉRIE : *TROIS SŒURS À SÉDUIRE* - 1/3

Trahie par l'homme dont elle est tombée amoureuse, Winnie l'a quitté – sans lui révéler qu'elle portait son bébé. Aussi est-elle bouleversée lorsque, deux ans plus tard, Eros Nevrakis se présente à elle, furieux. Parce qu'il a découvert son secret, le voilà prêt à tout pour légitimer son héritier… Alors qu'il exige que Winnie l'épouse et l'accompagne sur son île grecque, elle se sent prise au piège. Si elle refuse, Eros n'hésitera pas à lui ravir ce qu'elle a de plus précieux : leur enfant.

Scandale à Madrid, de Susan Stephens - N°4232

SÉRIE : *PASSION AU PARADIS* - 2/6

À Madrid, tout le monde le connaît comme le duc d'Alegon, homme d'affaires le plus puissant d'Espagne. Mais, dans son château à flanc de montagne, il redevient Alejandro, roi des Tziganes. Fascinée par cet homme complexe à la réputation sulfureuse, la douce et innocente Sadie accepte de le suivre sur ses terres et, bientôt, cède à l'attrait qu'il exerce sur elle. Dans cette passion irrésistible et sauvage, Sadie se révèle et se perd. Jusqu'à se découvrir enceinte et provoquer par là même un retentissant scandale…

Le baiser d'Angelo Navarro, de Dani Collins - N°4233

En tant qu'héritière de la puissante famille Montero, Pia sait ce qu'on attend d'elle : un mariage avec un aristocrate de son rang. Or, à l'occasion d'un bal masqué, elle perd la raison sous le regard d'un inconnu, mystérieux et envoûtant. Un baiser, une étreinte passionnée, et voilà qu'elle lui offre son innocence… Une folie d'autant plus grande que, bientôt, Pia découvre que son amant d'une nuit n'est autre qu'Angelo Navarro, fils illégitime d'un baron. Un homme sans naissance, entouré de scandale – le dernier qu'elle devrait fréquenter, mais le seul qu'elle désire et dont elle attend l'enfant…

Séduction sans scrupule, de Lucy Monroe - N°4234

Séduire Hope Reynolds, l'épouser et se débarrasser d'elle au plus vite. Tel est le plan de Luciano Di Valerio. Non pas que ce procédé lui soit particulièrement agréable, mais il n'a pas le choix : le grand-père de la jeune femme a fait de ce mariage la condition pour lui rendre ses parts de Di Valerio Shipping, l'entreprise familiale que Luciano s'est juré de sauver de la faillite. Et puis, le désir brûlant que lui inspire Hope compensera un peu son aversion viscérale pour le mariage. Mais, à mesure que les jours passent, Luciano ne peut empêcher une question de le hanter : Hope est-elle une femme sans scrupule qui a demandé l'aide de son grand-père pour arriver à ses fins… ou l'innocente victime de cette sombre machination ?

Composé et édité par HarperCollins France.

Achevé d'imprimer en avril 2020.

CPi
BLACK PRINT

Barcelone

Dépôt légal : mai 2020.

FSC
www.fsc.org
MIXTE
Papier issu de sources responsables
FSC® C108412

Pour limiter l'empreinte environnementale de ses livres, HarperCollins France s'engage à n'utiliser que du papier fabriqué à partir de bois provenant de forêts gérées durablement et de manière responsable.

Imprimé en Espagne.

Matthias Claudius, geboren am 15. August 1740 in Reinfeld (Holstein), ist am 21. Januar 1815 in Hamburg gestorben.

Zeitlebens war Matthias Claudius ein Kritiker jeder verstiegenen Überschwenglichkeit. Das Kleine als Spiegel des Großen und Ewigen war sein Anliegen, und so zeichnen die Werke des volkstümlichen Lyrikers und Denkers Einfachheit und tiefe Innigkeit aus. Nach dem Studium der Theologie, Jura und Staatswissenschaften war der Sohn eines Pfarrers Sekretär in Kopenhagen und ab 1771 Herausgeber des »Wandsbecker Boten«. Auf Herders Empfehlung hin wurde er Oberlandeskommissar in Darmstadt, ab 1777 lebte er als freier Schriftsteller, schließlich mit einer Sinekure als Bankrevisor in Wandsbek. Seine bescheidene und fromme Art machte ihn zum Freund von Lavater, Herder, Hamann, Stolberg und Voß.